华夏诗情

段良骥 著

长江出版传媒 崇文书局

图书在版编目(CIP)数据

华夏诗情/段良骥编. 一武汉:崇文书局,2014.10

ISBN 978-7-5403-3242-6

Ⅰ. ①华… Ⅱ. ①段… Ⅲ. ①诗歌欣赏一中国 Ⅳ. ①I207.22
中国版本图书馆 CIP 数据核字(2014)第 093914 号

华夏诗情

责任编辑:许举信
出版发行:崇文书局
地　　址:武汉市雄楚大街 268 号湖北出版文化城 B 座 20 层
邮政编码:430070
电　　话:027—87679719
印　　刷:武汉中科兴业印务有限公司
开　　本:710mm×1010mm　1/16
印　　张:13.75
字　　数:220 千
版　　次:2014 年 10 月第 1 版
印　　次:2014 年 10 月第 1 次印刷
定　　价:28.00 元

诗国有情缘

（导言）

中国自古就是一个诗的国度。数千年来，从诗经、楚辞、汉魏乐府，到唐诗、宋词、元曲，中国古典诗歌高峰迭起，名家辈出，传承不绝，影响至今，在世界诗歌史上可谓无与伦比。

学习中国古典诗歌，我们通常注重其“诗艺”，即文辞、格律、声韵等艺术形式。作为入门，这当然是必要的。但入门之后，我们对中国古典诗歌的学习就应从“诗艺”深入到“诗魂”。而所谓“诗魂”，并不神秘，其实就是一个字：情。

西晋文学家陆机云：“诗缘情”（《文赋》），即诗缘于情感。此说比古老的“诗言志”之说（《尚书·尧典》）更深刻地点出了诗的本质特征，即现代人所谓“情感的火花”。当然，“诗言志”之说也没有错，因为诗确实可以表达人的思想、意志、诉求。但从文学创作的常理来看，人如果仅有某种思想、意志、诉求，一般不会想到作诗，而只有在某种情感的激发下，才会产生作诗的冲动。这是因为，诗乃造句简短、修辞精炼的韵文，易于歌咏，而被情感激发的人，正需要歌咏，所以才作出了诗。事实上，最早的诗，也就是歌词。后来，诗虽然仅有文字，不带曲谱，但是仍因其歌词特征而被人们称为“诗歌”。

可见，诗就其本质特征而言，应该是情感的产物，“诗缘情”之说确实有理。至于“诗缘情”与“诗言志”的关系，实际上正如南朝文论家刘勰所言，“人禀七情，应物斯感，感物吟志，莫非自然”（《文心雕龙》），也就是说，人“缘情”而作诗，作诗而“言志”，这是自然而然的。总之，对于诗而言，情是第一位的。清代诗论家袁枚说得好：“且夫诗者由情生者也，有必不可解之情，而后有必不可朽之诗。”（《答蕺园论诗书》）俄国文论家别林

斯基也说："情感是诗的天性中一个主要的动力因素，没有情感就没有诗人，也就没有诗歌。"（《论文艺》）

既然"诗魂"在于情，那么我们就来探讨作为中国古典诗歌之"魂"的"中国情"。

何来"中国情"？难道人情还有中外之分？

诚然，人无分中外，出于天性，自有常情。但这种"人之常情"，一旦表现为文学艺术，包括诗歌，就必然打上一定民族和地域的文化烙印，从而升华为各具特色的"文化情"。而我们所谓某国之诗中的某国情，正是该国不同于他国的"文化情"，只不过我们简称之为某国情而已。比如我们读雪莱、海涅、普希金、泰戈尔这些异国诗人的作品时，那种种"异国情"不是扑面而来吗？同样，我们读屈原、陶渊明、李白、苏轼这些中国诗人的作品时，也会感受到其中鲜明而深厚的"中国情"。那么具体来说，中国古典诗歌中的"中国情"，究竟是一些什么情呢？

我们如果对中国古典诗歌有一定的阅读体验，就会发现，古来中国诗人之情，实为丰富。从"天生我材必有用"，到"何用浮名绊此生"；从"晓随天仗入，暮惹御香归"，到"开轩面场圃，把酒话桑麻"；从"八千里路云和月"，到"雨打梨花深闭门"；从"男儿西北有神州"，到"为伊消得人憔悴"……凡此种种，都是"中国情"，但又形形色色，大不相同。

看来，要想面面俱到地归纳中国古典诗歌中的"中国情"，恐非易事，但如果举其大要，则或可为之。笔者以为，中国古典诗歌中的"中国情"，最典型、最有代表性的，应为如下几种：

社稷情，黎元情，书剑情，风雅情，古今情，山水情，田园情，伦常情。

这几种情，虽然没有覆盖全部的中国古典诗歌，但是相当程度上体现了历代诗人在中国文化的熏陶下所形成的理念、志趣和风采。学习中国古典诗歌，我们如能认真品味这几种最具中国文化特色的"中国情"，则中国古典诗歌之"魂"得矣。

以下，我们就分别对中国古典诗歌的上述几种"中国情"，相应地解释其含义，然后选其代表作予以注释、赏析，领会其中的"中国情"。本来，在中国古典诗歌的作品中，这几种"中国情"既可能分别体现，也可能重合体现。而我们现在作大体上的分类选读，无非是便于读者领会这几种"中国情"。

目录

社稷情

黎元情

书剑情

风雅情

古今情

山水情

田园情

伦常情

社稷情

中国先民称土神为“社”，谷神为“稷”，而中国自古以农立国，所以“社稷”即为中国先民最初的国家观念：有土地，长五谷，人们可以生存的地方。也正因为如此，作为称谓，“社稷”较之“国家”，明显更有依存感、亲切感和神圣感。相应地，“社稷情”虽然就是“爱国情”，但是在语感上也更为深挚，其所表达的对国家的热爱，明显透出崇敬、感戴和眷念的内涵。

中国先民这种独具本土文化特色的“社稷情”，必然地反映于中国的古典诗歌。早在周代的《诗经》中，就已经出现了含有深厚“社稷情”的作品。其后的《楚辞》，更是充满“社稷情”。再往后的历朝历代，爱国诗歌层出不穷，形成中国古典诗歌以“社稷情”为最高境界的爱国主义传统

我们注意到，中国古典诗歌中的“社稷情”，大量见于忧国之作。正如我们所知，尤其在王朝衰世，忧国的诗篇往往会集中涌现，以至只要提到中国的爱国诗歌，人们就会首先想到南宋、晚清等典型的衰世，想到当时那些感人至深的忧国名篇。本来，爱国不仅是忧国。那么为何中国古典诗歌中的爱国之情更多地表现为忧国之情呢？理解这个问题，还是要追溯到文化渊源：一方面，爱国精神是

中国文化所弘扬的重要民族精神；而另一方面，忧患意识是中国文化所传承的重要民族意识。两者结合起来，由是培育出中国诗人因爱国而忧国的“社稷情”。

我们还注意到，在中国历史上，许多爱国诗人，他们不仅以诗歌表达忧国之情，而且实际投入救国事业，有的还成为以身殉国、流芳千古的英雄人物，如“吾将上下而求索”的屈原，“待从头收拾旧山河”的岳飞，“匹马戍梁州”的陆游，“壮岁旌旗拥万夫”的辛弃疾，“留取丹心照汗青”的文天祥，“碎骨粉身全不惜”的于谦，“须把乾坤力挽回”的秋瑾，等等。他们既是诗人，又是伟人。正是他们的作品，凝结了中国古典诗歌最强烈的“社稷情”。

鉴于“社稷情”之如此显著的中国文化特色，我们现在品味中国古典诗歌的“中国情”，就从“社稷情”开始。

黍 离

《诗经·王风》

彼黍离离，彼稷之苗。行迈靡靡，中心摇摇。知我者谓我心忧，不知我者谓我何求。悠悠苍天，此何人哉？

彼黍离离，彼稷之穗。行迈靡靡，中心如醉。知我者谓我心忧，不知我者谓我何求。悠悠苍天，此何人哉？

彼黍离离，彼稷之实。行迈靡靡，中心如噎。知我者谓我心忧，不知我者谓我何求。悠悠苍天，此何人哉？

注释

彼：那　黍：一种谷物　离离：一行行　稷：古代所称的一种谷物　行迈：即行走　靡靡：欲倒下状　中心：内心　摇摇：不平静　醉：恍惚　实：籽实　噎：哽咽　此何人：这是谁造成的？

《黍离》是《诗经》中的名篇，也是中国诗歌中体现“社稷情”的经典之作。

西周末年，幽王无道，导致犬戎入侵，镐京沦陷，西周灭亡。幽王之子平王东迁洛邑，其所建东周，已走向礼崩乐坏的春秋乱世。后有东周大夫行经废都镐京，目睹故宫遗址已成农田，抚今思昔，感慨万端，忧心如焚，一咏三叹，遂有此篇。

此诗借禾黍托物起兴，手法属于《诗经》“赋、比、兴”之“兴”，充分体现了诗歌的形象思维特点。全诗并无一字言及周室由盛转衰之痛史，而只是描绘了一幅苍凉的画面：茫茫周原，天高野阔。一个周室老臣，在故宫遗址上踉跄而行。他在苦苦地寻觅和追忆着，寻觅当年的巍巍宫阙，追忆昔日的煌煌盛世。可是那一切都一去不复返了。他眼前所见到的，只有离离禾黍，悠悠苍天。

他想说，但四下无人。他想哭，但欲哭无泪。他甚至想骂，但先王是不能骂的。他太无奈、太痛苦了，最后只能仰望苍天，发出一声沙哑的呼喊：天哪！这一切都是谁造成的？这呼喊声在周原上、在华夏大地上回荡，三千年来遗响不绝。后代的炎黄子孙，每读《黍离》之篇，无不动社稷之情。尤其于庙堂倾覆、山河破碎之日，感而赋诗者，多用“黍离”之典，以寄故国之思。乃至天下文章之士，约定俗成，皆以“黍离之悲”，指亡国之恨。遥想当年作《黍离》的那位东周大夫，安知其寥寥数语，竟至千古共鸣？诚然，此诗确有强烈的艺术感染力，但其持久的生命力，还是在于国人与此诗作者一脉相承的社稷情。

天下事，知多少？忧社稷，何时了？“知我者谓我心忧，不知我者谓我何求。”古往今来的心忧社稷者，永远是这样的孤独者，但又永远是民族的脊梁。

离　骚（节选）

屈　原

彼尧舜之耿介兮，既遵道而得路。何桀纣之猖披兮，夫唯捷径以窘步。

注释

尧、舜：上古圣君　耿介：光明正大　遵道：遵循正道　得路：行得通　桀、纣：夏、商末代暴君　猖披：暴虐　捷径：指邪路　窘步：行不通

※　※　※

惟夫党人之偷乐兮，路幽昧以险隘。岂余身之惮殃兮，恐皇舆之败绩。

注释

党人：指结党营私之人　偷乐：苟且偷安　路：指政治道路　幽昧：黑暗
惮：害怕　殃：灾难　皇舆：国君的车乘（此处喻国家）　败绩：溃败

※　※　※

鸷鸟之不群兮，自前世而固然。何方圜之能周兮，夫孰异道而相安？

注释

鸷（zhì）鸟：猛禽　固然：本来如此　圜：圆　周：重合　孰：哪有

※　　※　　※

屈心而抑志兮，忍尤而攘诟。伏清白以死直兮，固前圣之所厚。

注释

忍尤：忍受别人的怨尤　攘（rǎng）诟（gòu）：消除别人的非议　伏：守　死直：死于正直　前圣：前辈圣人　所厚：所看重的

※　　※　　※

日月忽其不淹兮，春与秋其代序。惟草木之零落兮，恐美人之迟暮。

注释

忽：匆匆　淹：停留　代序：循环、取代　惟：因　美人：喻君王（此处指楚王）　迟暮：衰老（此处喻政治上衰退）

※　　※　　※

吾令羲和弭节兮，望崦嵫而勿迫。路曼曼其修远兮，吾将上下而求索。

注释

羲和：神话中太阳的驾车者　弭（mǐ）节：止鞭　崦（yān）嵫（zī）：神话中日落之山　迫：迫近　曼曼：漫漫　修远：遥远　上下：天上人间　求索：追求

※　　※　　※

溘吾游此春宫兮，折琼枝以继佩。及荣华之未落兮，相下女之可诒。

注释

溘：忽然　春宫：神话中青帝的仙宫　琼枝：玉树枝　继佩：继续佩戴　荣华：繁花　相：观察、挑选　下女：下界女子　诒（同“贻”）：赠送

※　※　※

制芰荷以为衣兮，集芙蓉以为裳。不吾知其亦已兮，苟余情其信芳。

注释

芰（jì）荷：荷叶　芙蓉：荷花　不吾知：我不被（她）理解　已：罢了　苟：只要　余情：我的内心　信：确实　芳：纯洁、高尚

※　※　※

余既滋兰之九畹兮，又树蕙之百亩。畦留夷与揭车兮，杂杜衡与芳芷。冀枝叶之峻茂兮，愿俟时乎吾将刈。虽萎绝其亦何伤兮，哀众芳之芜秽。

注释

滋、树、畦：皆指种植　畹（wǎn）：古代三十亩所称　杂：指套种　兰、蕙、留夷、揭车、杜衡、芳芷：皆为香草　冀：希望　愿：想　俟（sì）：等待　时：到时节　刈（yì）：收割　萎绝：枯萎　芜秽：荒芜

※　※　※

何昔日之芳草兮，今直为此萧艾也？岂其有他故兮，莫好修之害也。

注释

何：为什么　直：竟然　萧艾：指恶草　莫：不　好修：注重修养

中国历史上伟大的爱国诗人屈原，是战国后期楚国的大夫。当时楚国国势

衰微，强秦压境。屈原审时度势，力主联齐抗秦。但怀王、顷襄王两代国君皆惑于秦国的诡计，权臣亦排斥屈原。他们倒行逆施，背齐向秦，使楚国陷入困境和危局。屈原刚正不阿，犯颜直谏，遭两度流放，最后投江自杀。其代表作《离骚》一诗，作于他被怀王疏远之后，表达的正是他有心报国、无力回天的忧伤之情。

《离骚》全篇长达三百七十多句，两千四百余字。我们不妨先来品味以上节选的一些精彩片段。

首先我们看到，屈原在诗中颂“尧舜之耿介”，斥“桀纣之猖披”，忧“党人之偷乐”，直接抨击了当时楚国的弊政，同时表明了自己对国家的忠心：“岂余身之惮殃兮，恐皇舆之败绩。”他深知正义与邪恶不可调和：“何方圜之能周兮，夫孰异道而相安？”所以作好了牺牲的准备：“伏清白以死直兮，固前圣之所厚。”正是这种忧国忧民的现实主义精神，决定了作品崇高的思想价值。

《离骚》的文学成就，不仅在于其现实主义精神，还在于其浪漫主义风格。屈原的诗歌，在中国诗歌史上继诗经之余脉，开楚辞之先河。诗经体现中原风格，楚辞体现荆楚风格。这两种风格都含有浪漫主义，但相比较而言，荆楚风格更富于浪漫主义。屈原的《离骚》，其浪漫主义突出表现为美人芳草的象征手法和天上人间的神奇想象。从以上节选的片段中，我们可以看到，诗人以美人象征国君：“惟草木之零落兮，恐美人之迟暮。”以对美人从天上到人间的苦苦追求象征自己忠于国君：“路曼曼其修远兮，吾将上下而求索。”并以取悦于美人的天然服饰象征自己取信于国君的纯洁品质：“制芰荷以为衣兮，集芙蓉以为裳。”最后则以美人“不吾知”，即不接受求爱，象征自己始终得不到国君的理解和信任。此外，诗人还以芳草象征士大夫中的清流人物，以“滋兰”、“树蕙”象征自己对这些人的扶持和期望，然后以“众芳之芜秽”象征他们的变节、变质，从而失望地问道：“何昔日之芳草兮，今直为此萧艾也？”就是说，这些曾经和我志同道合的清流人物，怎么说变就变了呢？这又是一番深深的感慨。

楚辞中的《离骚》，是继诗经中的《黍离》之后，体现中国诗歌之“社稷情”的又一经典作品。正是其现实主义精神与浪漫主义风格的完美结合，赋予这种“社稷情”以无比强烈的感染力。

最后要说明：以上我们对《离骚》节选而读，实因篇幅所限，只能如此，而要充分理解这部伟大作品，还必须通读其全文。

长相思

李 白

长相思，在长安。络纬秋啼金井阑，微霜凄凄簟色寒。孤灯不明思欲绝，卷帷望月空长叹。美人如花隔云端，上有青冥之长天，下有渌水之波澜。天长路远魂飞苦，梦魂不到关山难。长相思，摧心肝！

注释

络纬：一种昆虫（亦名促织）　金井：井的美称　阑：阑干　簟（diàn）：竹席
美人：喻君王　青冥：天色青而幽远　渌（lù）：水色清澈

这首诗虽名为“长相思”，且句句都围绕着思“美人”，却并不是一首爱情诗。

“长相思”是唐代流行的乐府诗题之一。乐府诗当时有曲谱，可以歌唱，内容则由作者借题发挥。唐诗中有不少传世的乐府名篇，如高适的《燕歌行》，李白的《将进酒》，王维的《老将行》，孟郊的《游子吟》，等等。

那么，李白的这一首《长相思》，写的不是爱情，又是什么呢？

原来，李白的诗歌受楚辞的影响，也富有浪漫主义色彩。他这首《长相思》中的所谓“美人”，也如同屈原的《离骚》中的“美人”一样，指的乃是君王。而古代君、国一体，所以诗人以浪漫笔调所写的思“美人”，实际上是思念朝廷，心忧国家命运，表达的是一种深深的社稷情。李白这首《长相思》，写的就是对当时唐王朝的“长相思”。而“长相思，在长安”，说明当时诗人离开了朝廷，又思念着朝廷。李白的生平，确实有这么一段经历。

李白的前半生，基本上是在漫游中度过的。他虽有志从政，却又不肯应试科举，而希望凭借声名引起朝廷重视，直接以布衣登卿相。但是，当时毕竟已不是春秋战国，这种超常的入仕方式当然难以效法了。直到天宝元年，李白已年过四十，才经人推荐入朝，而玄宗授予他的官职不过是供奉翰林，实际上只是一个点缀宫廷生活的文学侍从。更不利的是，当时的唐王朝经历了“开元盛世”后，玄宗已经沉湎酒色，荒于朝政，导致奸臣当道，藩镇坐大，国势岌岌可危。李白目睹现实，忧心如焚，忠言进谏却反遭排斥，最后被迫离开了朝廷。其遭遇与屈原如出一辙，于是其诗作也与屈原一脉相承：屈原悲吟“恐美人之迟暮”，李白则哀叹“美人如花隔云端”。

其实，所谓“美人如花”，显然是诗人违心的溢美之词，不过是封建时代忌讳“谤君”，只能称“吾皇圣明”罢了。倒是“隔云端”还比较靠谱。所谓“隔”，也不仅是因为诗人当时已经离开朝廷，更重要的还是君臣志不同道不合。本来，诗人曾身在朝廷，与君王近在咫尺，何隔之有？但当时君王执迷不悟，言路堵塞，所以近在咫尺也如同相隔万里。“上有青冥之长天，下有渌水之波澜”，绝难沟通，何其无奈！

但是，尽管报国无门，并且已经身处江湖之远，诗人仍然惦念着朝廷的政事，关注着社稷的安危。这与屈原的情怀又是如出一辙，并且诗作也是一脉相承：屈原是“路漫漫其修远兮，吾将上下而求索”，李白则是“天长路远魂飞苦，梦魂不到关山难”。其“长相思”如此魂牵梦绕，百折不回，足见诗人之社稷情深。

本来，孔夫子有告诫：“不在其位，不谋其政。”但他老人家又强调：“士志于道。”这就意味着“不在其位”的“士”，即读书人，虽不必也不能实际地“谋其政”，但仍要坚持“志于道”，即思想上永远以天下为己任，忧国忧民。李白正是这样“志于道”的“士”。他已经离开了京城长安，但其“长相思”还“在长安”。如此痴情的“长相思”，怎么能不“摧心肝”呢？

出　塞

王昌龄

秦时明月汉时关，万里长征人未还。但使龙城飞将在，不教胡马度阴山。

注释

但使：只要　　龙城飞将：龙城为汉名将卫青袭击匈奴处，飞将指汉名将李广（匈奴称之为“飞将军”），故“龙城飞将”说法有误（或可从大意上理解为汉代抵抗匈奴之众名将）。　不教：不使　　胡马：指北方游牧民族武装　　度：越过　　阴山：在今内蒙古

王昌龄被后世称为唐代诗人中的“七绝圣手”，其《出塞》一诗又被后世推为唐人七绝诗的压卷之作。我们只要把他的这首诗品味一番，就会感到果然名不虚传。

王昌龄一生主要生活在盛唐时期。在人们的想象中，当时的唐帝国应该是天下无敌。而实际上，终唐之世，周边强敌如突厥、吐谷浑、回纥、吐蕃、契丹等，接踵为患。即使在盛唐时期，边疆也并不安宁，对外军事只是在总体上处于优势，而谈不上天下无敌。了解这一历史背景，我们才能理解盛唐的诗坛上何以出现独具特色的“边塞诗”，并且诗中场面或雄壮，或悲凉，诗中情感或豪迈，或忧伤。

王昌龄的这一首《出塞》，就是当时边塞诗的典型，通篇虽只有四句，但豪迈而又忧伤的情感已尽在其中。

第一句“秦时明月汉时关”，先以月照关山的鲜明艺术形象，把历史与现实联系起来：从当年的秦、汉，到如今的大唐，月照关山如昔，边疆征战依旧，悠悠千载，时过而境未迁，怎不令人感慨！这种借景生情的开篇，王昌龄的诗中常见，如“青海黄云暗雪山”，“寒雨连江夜入吴”，“蝉鸣空桑林，八月萧关

道”，等等，深得诗歌的形象思维之法。

第二句“万里长征人未还”，就更现实地道出了眼前的严峻形势。首先，既是“万里长征”，可见大军是远赴边疆，主动出击，满怀胜利希望的。但是至今“人未还”，也就是大军还未能班师，可见战事并不顺利，胜负还有一争。而这种局面，正是当时边疆军事的常态。

第三、四句笔锋一转：“但使龙城飞将在，不教胡马度阴山。”诗人终于吐出了深沉的心声：国家缺少将才，边防堪忧。事实正是如此。唐王朝传至玄宗，虽已进入“盛世”，但军中再无初唐时期李靖、李勣等那一批名将，而这正是眼下“万里长征人未还”的重要原因。但是，诗中如果直接指出这一现实，就没有诗味了，所以诗人采用了借古讽今的手法。我们不要忘了诗的第一句“秦时明月汉时关”。也就是说，本诗是从秦、汉时代说起的，因此诗的结尾借用秦、汉时代抵御匈奴的名将，如汉武帝时的李广、卫青等，来反衬如今将才的缺乏，这样诗意既前后呼应，又婉转含蓄，发人深省：要是当年那些“不教胡马度阴山”的将才还在，如今边疆何忧？

再深入一步看，当时诗人所忧，又岂止边疆和将才问题，何尝不是对大唐帝国之国势的整体性忧虑？事实上，还在玄宗天宝年间，“安史之乱”就爆发了，唐王朝从此盛极而衰。而究其根源，仅仅是缺乏将才吗？

满江红

岳　飞

怒发冲冠，凭栏处、潇潇雨歇。抬望眼，仰天长啸，壮怀激烈。三十功名尘与土，八千里路云和月。莫等闲白了少年头，空悲切！

靖康耻，犹未雪。臣子恨，何时灭？驾长车，踏破贺兰山缺。壮志饥餐胡虏肉，笑谈渴饮匈奴血。待从头收拾旧山河，朝天阙。

注释

等闲：轻易　　靖康耻：指北宋钦宗靖康年间金兵破汴京，掳徽、钦二帝，灭亡宋室。长车：战车　　贺兰山：在今宁夏（此处代指金兵占领区）　　胡虏、匈奴：此处均代指金兵　　收拾：指收复　　旧山河：失地　　天阙：宫阙（代指朝廷）

岳飞的这一首《满江红》词，历来被公认为古代爱国诗词的代表作，在中国可谓家喻户晓。尤其近代以来，中国多灾多难，无数爱国志士受此篇激励，慨然奋起，献身于救国事业。至今国人吟诵此篇，仍被其爱国激情所感动。一篇古典诗词，有如此长久的魅力，确实发人深省。

反复品读之下，我们看到：岳飞这一名篇所以能激励后人，本质上在于作品的精神既体现了爱国主义，又体现了英雄主义，堪称爱国主义与英雄主义的完美结合。

先看作品的爱国主义精神。此词开篇第一句，就是“怒发冲冠”。“怒”从

何来？“靖康耻，犹未雪”！本来，亡国之事，自古屡见不鲜。但是，亡国之耻如北宋之“靖康耻”者，实为罕见：钦宗靖康年间，金兵攻破汴京，灭亡了北宋。堂堂“天朝”，竟亡于“胡虏”，已属“奇耻”，但此后更有“大辱”，也就是皇帝钦宗以及太上皇徽宗父子，还有后妃、皇族、文武百官，一起被金兵掳去。在金廷的庆功宴上，徽、钦二帝甚至被迫“青衣行酒”，即充当斟酒的仆役。后来，他们还被绑在拴马的石柱上供金人观赏、嘲笑。最后，他们又被置于一口枯井中，“坐井观天”。如此奇耻大辱，怎不令人“怒髪冲冠”！岳飞的《满江红》词，贯穿全篇的正是这一冲冠之怒。此怒非寻常意气，而是饱含着爱国深情，民族自尊。千古之下，凡有良知的国人，谁无同感和共鸣？

再看作品的英雄主义精神。在此词中，作者没有停留于因“靖康耻”而“怒髪冲冠”，而是以豪言壮语，表达了自己以身许国、誓雪国耻的英雄志向。当时作者三十出头，刚过“而立”之年，但已经为平定江淮、保卫南宋而屡建战功。如此“三十功名”，在作者看来不过“尘与土”而已，倒是那驰骋沙场，“八千里路云和月”的军旅生涯，令他依然神往，无比自豪。“莫等闲白了少年头，空悲切！”这位英雄正是以此鞭策自己去“驾长车，踏破贺兰山缺”，收复中原失地，直捣敌巢，“餐胡虏肉”，“饮匈奴血”，以雪国耻。后来，他果然曾率师北伐，收复襄阳之后，兵锋直指中原，并在河南郾城大破金兵主力，致使金兵惊呼“撼山易，撼岳家军难！”金廷亦准备北向迁都。要不是南宋高宗赵构出于私心，唯恐二帝还朝，自己皇位不保，强令班师，可以肯定岳飞所“待”的“从头收拾旧山河”，是完全可以实现的。

岳飞此词能达到爱国主义与英雄主义的完美结合，并非偶然。他在从军之前，就已经是决心“精忠报国”的爱国志士，从军后更成为战无不胜的盖世英雄。我们只要把此词中的警句再好好品味一番，就一定会深信：若非真正的爱国志士、盖世英雄，绝不可能有如此手笔！

六州歌头

张孝祥

长淮望断，关塞莽然平。征尘暗，霜风劲，悄边声。黯销凝。追想当年事，殆天数，非人力；洙泗上，弦歌地，亦膻腥。隔水毡乡，落日牛羊下，区脱纵横。看名王宵猎，骑火一川明。笳鼓悲鸣，遣人惊。

念腰间箭，匣中剑，空埃蠹，竟何成！时易失，心徒壮，岁将零。渺神京。干羽方怀远，静烽燧，且休兵。冠盖使，纷驰骛，若为情。闻道中原遗老，常南望、翠葆霓旌。使行人到此，忠愤气填膺。有泪如倾。

注释

长淮：淮河（当时宋金边界）　边声：边境上人马鼓角之声　黯销凝：黯然神伤　当年事：指靖康之难　殆：几乎（是）　洙泗：洙水、泗水（孔子讲学之地）　膻腥：羊臊气　毡乡：胡人居住之地　区（ōu）脱：胡人哨所　名王：指金酋　埃蠹：尘封虫蛀　干羽：干、羽皆宫廷舞者所执道具（此处代指礼乐）　怀远：怀柔外邦（讽刺）　纷驰骛：频繁奔走　若为情：矫情　翠葆霓旌：皇帝仪仗（此处代指南宋皇帝）　膺：胸

张孝祥是南宋初年的爱国志士。他二十二岁中状元，一登上政治舞台，就为遭陷害而死的岳飞鸣冤。他的这首《六州歌头》词，是他拜谒任建康留守的魏国公张浚时，在宴席上所呈。张浚乃当时抗金名将，朝廷重臣，素怀收复中原之志。他读过张孝祥这篇慷慨激昂的词作后，心潮难平，慨然罢席。

这首词的写作背景，是当时南宋朝廷与金邦签订了丧权辱国的“绍兴和议”。绍兴十一年，高宗先按金邦的要求杀害了抗金名将岳飞，然后在与金邦签

订的“和议”中，承诺对金称臣，割让淮河以北的中原土地予金，每年还要向金纳贡。这一“和议”，决定了南宋百余年的屈辱地位，使南宋朝野广大的爱国志士有志难伸，报国无门。

张孝祥写这首《六州歌头》词，约在绍兴三十一年，也就是“绍兴和议”已签订二十年之后。此时国家的形势，在他这个爱国志士眼里，可以说太令人伤心。

令人伤心的首先是故土的沦丧。淮河这一条本国腹地的河流，现在居然成了本国与外邦的界河：“长淮望断，关塞莽然平。”而河对岸，从前汉民族的村庄、田野，现在成了胡人的牧场、猎场，满眼是“牛羊”、“区脱”、“骑火”，满耳是“笳鼓悲鸣”，成了什么景象？

令人伤心的又在于文化的湮灭：“洙泗上，弦歌地，亦膻腥。”洙水与泗水流经的山东，曾是孔子讲学之地。当年，孔子“休坐于杏坛之上，弟子读书，孔子弦歌鼓琴”，是何等的文明、风雅！而如今这一切都荡然无存了。“洙泗上”，乃至整个中原地区，都不再是礼乐之乡，而是一片“膻腥”的“氈乡”了。

令人伤心的还有岁月的流逝。从“靖康之难”到作者赋此词，已经三十五年了。在这三十五年中，南宋抗金气势最盛的时期已经过去，一代抗金名臣、名将如李纲、宗泽、韩世忠、岳飞等也都过世了。作者自己虽然还年轻，但“时易失，心徒壮，岁将零”，哪一天才能为抗金救国建功立业呢？

伤心之余，作为爱国志士，当然还是想奋起北伐，重整山河。但是事已难为了。按朝廷与金邦签订的“绍兴和议”，金为君，宋为臣，而臣怎么能伐君呢？试看这二十年来，“冠盖使，纷驰骛，若为情”，好一派太平景象！那么，就这样“静烽燧，且休兵”吗？“闻道中原遗老，常南望，翠葆霓旌。”也就是中原沦陷区的父老乡亲，还等着朝廷去拯救他们呢！对此如果置之不理，又情何以堪？

“使行人到此，忠愤气填膺。有泪如倾。”这是全篇的结尾，也是作者情感的高潮。实际上，古往今来，每一个有爱国热情的读者，读到此，也一样会“忠愤气填膺”。现在，这一宋词名篇是语文教材的必选课文，仍然激发着莘莘学子的爱国热情。

示儿

陆　游

死去元知万事空，但悲不见九州同。王师北定中原日，家祭无忘告乃翁！

注释

元：本来　　同：统一　　王师：朝廷的军队　　无：勿　　乃翁：你父亲

陆游是中国历史上伟大的爱国诗人。他主要生活在南宋前期。当时中原地区已沦陷于金邦，但南宋朝廷对金邦屈膝投降，放弃失土，苟且偷安，致使众多的爱国志士报国无门，满怀悲愤。陆游就是这些爱国志士中的佼佼者之一，曾亲身参与抗金军事。作为诗人，他主要以自己充满爱国激情的诗篇，为抗金救国事业呐喊。终其一生，他都在殷切期盼着收复中原失土，实现国家统一。他的这一首《示儿》诗，写于临终之前，既是他人生的绝笔，也是其诗集的压轴，以千古名篇而传诵至今。

在此诗中，我们看到的，是这位一息尚存的爱国老人，以最后的气力吐出的强烈心声："北定中原"。他知道自己是看不到这一天了，但他仍然痴心向往着这一天。于是他希望自己死后有知，还能听到儿子在家祭时告知他这一天的到来，从而使他含笑九泉。这当然是一种诗人的浪漫，但却是多么苦涩而心酸的浪漫！实际上哪有这一天呢？最终，他还是含恨九泉，"万事空"了。

诗人这种至死不渝的爱国深情，千古以来被人们由衷赞叹。但人们的赞叹如果仅限于此，则还有所不足。

实际上，诗人在此诗中所表达的，不仅是至死不渝的爱国深情，还有同样至死不渝的对抗金救国事业的坚强信心。我们如果细品此诗，就会发现，诗中“王师北定中原日”之句，语气上完全不存在“如果”，而是十分肯定，给人的感觉，“王师北定中原”，是必定会实现的，问题只在于何“日”，即时间。这一点我们不要忽略了，因为作品正是由此透露出诗人不仅怀有满腔的爱国热情，力主抗金救国，而且对这一正义事业抱有必胜的信心。当然事实上南宋王朝还是从偏安走向了灭亡，并没有如诗人所期望和坚信的那样“北定中原”，实现“九州同”。但这是另一回事。我们仍然要赞叹诗人对抗金救国事业的坚强信心，因为在当时敌强我弱的形势下，能抱有这一信心，精神就极为可贵。作为后世之人，我们应当充分肯定前人的这种积极精神，而不必拘泥于具体的历史细节。这就好像我们品读岳飞的《满江红》时，对作品的英雄主义精神也是充分肯定的。而事实上，岳飞虽是英雄，但却是一个悲剧英雄。南宋朝廷并没有让他完成“从头收拾旧山河”的英雄事业，而且还将他杀害了。但是我们能因此而否定岳飞的英雄主义精神吗？

菩萨蛮·书江西造口壁

辛弃疾

郁孤台下清江水，中间多少行人泪？西北望长安，可怜无数山！

青山遮不住，毕竟东流去。江晚正愁予，山深闻鹧鸪。

注释

造口：在今江西万安县西南，临赣江。　郁孤台：在今江西赣州市西南，临赣江，唐宋名胜地。　清江：即赣江　长安：此处代指北宋都城汴京　愁予：使我愁　鹧鸪：鸟名，啼于春夏间，传说其啼声似“行不得也哥哥”。

辛弃疾是著名的南宋爱国词人。他出生在当时已被金邦占领的山东，年轻时就是一个爱国志士，并且文武双全，曾参加当地抗金义军。后来他投奔南宋，希望能施展抗金救国的抱负。但就在他投宋的第二年，即孝宗隆兴元年，张浚北伐失败。次年南宋被迫割地与金邦议和（“隆兴和议”），直到宁宗开禧元年最后一次北伐（仍遭失败），其间抗金事业偃旗息鼓长达四十年。而这四十年恰好把辛弃疾这个爱国志士的一生消磨殆尽。了解这一历史背景，我们才能理解现在品读的这首《菩萨蛮》词，也才能理解辛词何以在豪放中含着抑郁，激越中透着悲凉。

此词是辛弃疾于孝宗淳熙三年任江西提点刑狱，驻节赣州，途经造口时所作。作者为什么会在造口题写此词？原来此地在南宋初年曾有一段惊心动魄的往事：那是高宗建炎三年。当时因中原沦陷而仓惶南渡的宋室朝廷还立足未稳，金兵则穷追不舍，东路追高宗，西路追隆祐太后（高宗伯母）。高宗经浙江、福建，从海上逃脱。隆祐太后则乘舟南溯赣江，至造口时因追兵逼近，被迫弃舟登陆，混入逃奔赣州的难民中，方得脱险。这一往事，充分体现了金邦的猖獗和宋室的衰微，给南宋朝野留下了沉痛的记忆。所以，辛弃疾一到造口，便立即想起这一往事，感慨万分而作此词。

“郁孤台下清江水，中间多少行人泪?”这一句深深的感叹，胜过以千言万语来描绘当年隆祐太后和赣江沿岸的难民被金兵追逐的惨景。其实南宋初年，岂止江西一地如此，国破家亡的宋室天下到处是兵荒马乱，百姓流离失所。往事不堪回首。

然而，从金兵入侵江西的建炎三年，到辛弃疾作此词的淳熙三年，时间过去近五十年了，宋室已偏安江南，而中原失地仍不知何日才能收复。抚今思昔，作者满怀悲愤地遥望西北，试图望见黄河岸边的故都汴京。“西北望长安，可怜无数山!”这又一声感叹，寄托的就是作者对中原沦丧的悲愤之情：“无数山”哪，“可怜”啊!

还能把那“无数山”收回来吗？难。当时的现实，是南宋国势的日益衰微，以及朝廷对中原失地的日益淡忘。在这样的状况下，爱国志士们纵然对收复中原满怀期望，对抗金事业满怀信心，也还是无能为力，而只能眼看着国家的命运无可挽回地江河日下：“青山遮不住，毕竟东流去。”正因为如此，作者在词的结尾，以“江晚”即江上日晚比喻上述的现实，明言“江晚正愁予”，即这样的现实正在使我忧愁，并且还补上一句“山深闻鹧鸪”。这鹧鸪的啼声，不是所谓“行不得也哥哥”吗？难道收复中原真的不可能了？作者最后表达这种忧愁，并非对抗金事业失去信心，而是对国家爱之太深，故而忧之亦深。事实上，他直到晚年还以廉颇自负，渴望为北伐建功。前文说过，真正的爱国志士，是矢志不渝的。

过零丁洋

文天祥

辛苦遭逢起一经，干戈寥落四周星。山河破碎风抛絮，身世沉浮雨打萍。惶恐滩头说惶恐，零丁洋里叹零丁。人生自古谁无死？留取丹心照汗青！

注释

遭逢：遭遇　　起一经：起于读经（即读圣贤书）　　干戈寥落：指抗元军事已近尾声　四周星：四年　　惶恐滩：在今江西万安赣江边　　零丁洋（伶仃洋）：在今广东中山珠江口　　丹心：忠心　　汗青：指史册（古以竹筒去水分书史事）

众所周知，在中国历史上，南宋是一个外患深重而政治腐败的朝代。但正是在这个朝代，却涌现了众多的民族英雄。其中最著名的民族英雄，如果说南宋初年是岳飞，那么南宋末年就是文天祥。

文天祥是状元出身。他登上相位时，南宋已经在蒙元的铁蹄下奄奄一息。他是临危受命的。都城临安陷落后，他带领残兵保护着小朝廷往南流亡，并坚持辗转抗元，先后兵败于江西惶恐滩，被俘于广东五岭坡，然后被押解于珠江口外的零丁洋（伶仃洋）。当时敌酋张弘范要文天祥写信，招降尚在海上坚持抗元的宋将张士杰。文天祥坚决不从，并赋诗明志，于是给后世留下了《过零丁洋》这一不朽的名篇。后来文天祥被囚禁于元大都（今北京），元廷以高官厚禄反复劝降，而文天祥不为所动，终于慷慨就义。

文天祥的《过零丁洋》诗，第一句“辛苦遭逢起一经”，是全诗开宗明义之句，非常重要。这一句的意思是：我自从临危受命以来，为拯救国家而颠沛流离，历尽艰辛。而我之所以会有如此遭遇，是因为我乃读书人出身。圣贤的经典，教导我应该心存社稷，以天下为己任。所以，我已经不再属于我自己，而属于国家民族。如今国家民族有难，我身兼将相，历艰辛、担风险是我的本分，即使献出生命也是理所应当。可见，文天祥此诗中，这看似平常的第一句，实际上已经为全诗情感的发展直至达到最后的高潮埋下了伏笔。

此诗中间的两联，写的正是作者之“辛苦遭逢”的切身感受，也就是国破家亡的痛苦与悲哀，其艺术表现极为高超：以“风抛絮”来形容“山河破碎”，以“雨打萍”来形容“身世沉浮”，可谓相当贴切。而“惶恐滩头说惶恐，零丁洋里叹零丁”，以地名双关，更是十分巧妙。我们今天读这两联诗，虽然并无文天祥当年那种国破家亡的经历，但对其深深的痛苦与悲哀，也仍然感同身受。这样的文字，这样的艺术感染力，应该说是血与泪凝成的。

诗写到此，如果诗情再无发展，即停留于痛苦与悲哀，那么尽管有上述绝妙的两联，仍属一般文人之作。但文天祥不是一般文人，而是顶天立地的民族英雄。他此诗第一句的伏笔，终于在诗的最后一联中彻底展开：“人生自古谁无死？留取丹心照汗青！”这已经不是诗句，而是千古箴言。用当今的话来说，这是最崇高的人生价值观。确实，“人生自古谁无死？”但正如前贤司马迁所说：“人固有一死，或重于泰山，或轻于鸿毛。”像文天祥这样为国家民族而死，“留取丹心照汗青”，其死就重于泰山。而巍巍泰山，屹立至今，它正是我们民族精神的象征。

贺新郎·病中有感

吴梅村

万事催华发！论龚生、天年竟夭，高名难没。吾病难将医药治，耿耿胸中热血。待洒向西风残月。剖却心肝今置地，问华佗解我肠千结？追往恨，倍凄咽。

故人慷慨多奇节。为当年、沉吟不断，草间偷活。艾灸眉头瓜喷鼻，今日须难决绝。早患苦、重来千迭。脱屣妻孥非易事，竟一钱不值何须说！人世事，几完缺？

注释

龚生：西汉末年太中大夫龚胜。王莽篡位后，龚辞官，王莽强召之，不从，绝食而死。　天年竟夭：龚胜死时已七十九岁，可谓“天年”，但其死非正常，故谓“夭”。　草间偷活：苟且偷生　艾灸眉头瓜喷鼻：古代中医以艾炷、瓜蒂治黄热病之法　早患苦：早年的疾苦（旧病）　脱屣（xǐ）：（像）脱鞋（那样摆脱）　妻孥（nú）：妻儿

这是一首特殊的爱国主义词作。其特殊性在于：作者本质上是爱国的，但又曾有过背叛国家民族的行为，而他在此词中所表达的，则是对自己这种背叛行为的无比悔恨。由于作者是当时的文化名人，影响很大，又由于其所表达的悔恨之情真挚而痛切，感人至深，所以这首词非常著名，在历来的清词读本中都是必选之作。

这首词的作者就是明末清初的江南名士吴梅村。崇祯四年，他高中榜眼，受皇上恩宠，官运亨通。但好景不长，崇祯十七年李自成攻破北京，明朝灭亡，紧接着清兵进关，满人入主中华。这期间吴梅村正在家乡探亲，闻亡国噩耗，

悲痛欲绝，于是不再赴京，居家十年，志在守节。但清王朝欲借他的影响笼络汉族士大夫，所以逼他出仕。他顶不住朝廷和家庭的双重压力，终于就范仕清了。清廷委任他为国子监祭酒，执掌国家最高学府。但他却“身在曹营心在汉”，始终念念不忘故明，勉强干了四年后，还是告病还乡了。然后直到死，他都沉浸在失节仕清的悔恨之中，不能自拔。临终前，他嘱咐家人将他以僧衣入殓，碑铭上不署官职，只称“诗人”，明显是与清朝划清界限。

这一首《贺新郎》词，是吴梅村晚年重病在身时，百感交集所作。

词的开头，就是作者的一声浩叹：“万事催华发!”而其所谓催生华发的“万事”，归根结底也就是一件事：自己失节仕清了。然后，通篇是充满悔恨和自责的内心独白：

我想说汉朝的龚胜。他到底也没去当篡汉奸臣王莽的官，坚持到七十九岁的“天年”，还是绝食而“夭”亡了。人虽亡了，可是千古之下，他“高名难没”呀！我怎么就做不到这一步呢？

不说前朝了，就说当今，“故人慷慨多奇节”，这更使我汗颜。陈子龙，杨文骢，他们不也是和我一样的名士吗？他们为什么就能坚持抗清而不仕清，并且宁死不屈呢？是的，我难以“脱屣妻儿”，但人家就没有妻儿吗？

别说了，“竟一钱不值何须说!”恨只恨自己不争气，患得患失，所以才“沉吟不断，草间偷活”。活是活下来了，可是这样活着是多么痛苦啊！

现在我已经病倒了。这病恐怕是“难将医药治”的，因为我患的实际上是心病。即使华佗再世，他也不可能“解我肠千结”。还搞什么“艾灸眉头瓜喷鼻”？算了，死就死吧，死了也好解脱。

以上就是这位吴老先生临终前痛苦的内心独白。听完这段独白，我们的心情也同样沉重。我们还需要指责他吗？

己亥杂诗（其一）

龚自珍

九州生气恃风雷，万马齐喑究可哀。我劝天公重抖擞，不拘一格降人才。

注释

恃（shì）：依靠　　喑（yīn）：无声　　究：到底　　重抖擞：振作起来

我们知道，历来的忧国诗篇，其所忧多为具体的国家形势，如朝政腐败，民生困苦，外患深重，等等。而我们现在所品读的龚自珍这首诗，虽然也是忧国之作，但其所忧却是一个更为深层次的问题，即国家的人才问题。

龚自珍所处的清朝嘉庆、道光年间，正是清朝的“康（熙）乾（隆）盛世”已经过去，国势由盛转衰的时期。现在的人们可能很难想象，在当时已即将沦为西方列强之半殖民地的中国，主政的清朝君臣竟还沉睡在“天朝上国”的迷梦之中。而龚自珍却是当时极为难得的先知先觉者。在长达二十年的京官生涯中，他深深察觉到大清朝已是“日之将夕，悲风骤至”。他虽身处下僚，但出于救国救民的赤忱，屡次上书朝廷，指陈时弊，倡言改良。因其意志坚定，百折不挠，乃至被京中官场讥为“痼疾”。实际上，那昏聩、守旧的官场，才是国家真正的“痼疾”。

1839 年（夏历己亥年），也就是鸦片战争爆发的前一年，满怀危机感的龚自珍，终于在一个祭神的场合，以向神灵进言的名义，借题发挥，写下了我们现在品读的这一名篇。

到底是启蒙思想家，诗的第一句就是启蒙箴言：“九州生气恃风雷。”此言开宗明义地警示国人：中国已经奄奄一息，必须施以“风雷”般的新政，方可使之焕发“生气”。但是，当时国人对于眼下之危局，或茫然不知，一无可言；或明哲保身，知而不言。于是举国上下，“万马齐喑”。如此现实，“究可哀”也！

那么，能够使国家焕发“生气”的“风雷”般的新政，又是什么呢？龚自珍认为主要是两个方面：“更法”和“改图”，也就是更改已经不适应形势的规章和方略。但是“更法”、“改图”，首先要有人才，尤其是一批有开明思想和改良主张的新型人才。而这种新型人才，靠当时施行的“八股取士”的科举制度和论资排辈的官僚制度，是不可能选拔出来的。本来，龚自珍自己也是科场进士出身，在朝为官。但他后来的“更法”、“改图”思想，却不是写八股文写出来的，也不是在官场熬年头熬出来的，而是把“圣贤书”中的积极精神运用于社会实际，经过深入研究，最终形成的。所以，他向朝廷发出强烈的呼吁：“我劝天公重抖擞，不拘一格降人才。”其所谓“重抖擞”，就是希望朝廷从因循守旧、碌碌无为的状态中振作起来，重兴大业；其所谓“不拘一格”，就是要改良取士制度和用人制度，打破条条框框，让那些新型人才脱颖而出，并充分发挥作用。当然，他这种呼吁，也只能是呼吁而已。就在他写此诗的第二年，即1840年，鸦片战争爆发了。战争中一败涂地的清王朝，从此江河日下，走向衰亡。

值得一提的是，几十年后，腐朽的清廷还是有过一次最后的挣扎，即1898年（夏历戊戌年）的“变法维新”。而这次“变法维新”，从思想到举措，都完全与龚自珍主张的“更法”、“改图”一脉相承。但此时的清廷已病入膏肓，任何改良都为时已晚，只能“无可奈何花落去”了。这一历史，又反过来证明了龚自珍这位启蒙思想家的先知先觉，以及他留下的这一诗篇的不同凡响。

咏志

孙中山

万象阴霾扫不开，红羊劫运日相催。顶天立地奇男子，要把乾坤扭转来！

注释

红羊劫运：古人认为丙午年和丁未年多劫难。而天干的丙、丁在五行中属火，为红色，地支的未在十二生肖中属羊，故后来人们以“红羊”代表劫难。此诗中所谓“红羊劫运”，则指当时中国的国难。　日相催：一天天逼近

孙中山先生的这一首《咏志》诗，曾被称为“革命歌”，“起义歌”，甚至成为革命党人的联络用语，当时影响很大，是辛亥革命史上的光辉诗篇。

这首诗写于1899年。在此之前，中山先生领导的革命事业遭遇了一次重大挫折，就是1895年广州起义失败。由于受清廷通缉，中山先生相继流亡香港、美国、英国、加拿大，一路宣传革命，最后于1898年到达日本，继续整合反清组织，策划起义。其时先生壮怀激烈，遂有《咏志》之作。

中山先生在此诗中所咏之志，当然是推翻清王朝。为什么要推翻清王朝？因为当时清王朝统治下的中国，已是一片黑暗，危机重重：官僚腐败，民不聊生，列强瓜分，国将不国。几十年来，从第一次、第二次鸦片战争，到甲午战争，清王朝连连战败，割地赔款，丧权辱国。此时神州大地，真是“万象阴霾扫不开，红羊劫运日相催”。而维新党人旨在富国强兵的戊戌变法，也被清廷顽固派所扼杀。事实充分证明，清王

朝已经没有任何存在的理由，必须以革命推翻之。

但是，这个腐朽不堪、理当推翻的清王朝，毕竟已立国二百余年，可谓树大根深，推翻谈何容易。广州起义，中山先生亲自策划，革命志士奋不顾身，未料竟归于失败。失败固然有革命党人谋事不密等原因，但根本原因还是力量悬殊，敌强我弱。当此革命事业遭受挫折之际，作为领袖人物的中山先生，依然豪情满怀，放声呼曰："顶天立地奇男子，要把乾坤扭转来！"这呼声冲破了当时中国黎明前的黑暗，鼓舞了革命党人为推翻清王朝而奋斗到底的决心。

且看后来革命党人中"要把乾坤扭转来"的"顶天立地奇男子"们：

不满二十岁的革命宣传者邹容，发表震动全国的《革命军》一书，呼唤"中华共和国"。清廷惊恐万状，将其囚死于狱中。

另一个革命宣传者陈天华，以《警世钟》、《猛回头》两本通俗小册子，号召民众救亡图存，并以蹈海自杀提倡为国牺牲。

"黄花岗七十二烈士"之一的林觉民，慷慨作书诀别已怀身孕的妻子，奔赴第三次广州起义，英勇献身。其诀别书传世至今。

浙江革命党人徐锡麟，打入安徽省府，任巡警学堂会办，在学堂毕业典礼之大庭广众中刺杀巡抚恩铭，被挖心剖肝而死。

还有……

岂止是这些"奇男子"，更有"奇女子"，如众所周知的"鉴湖女侠"秋瑾，起义失败被捕后，坚贞不屈，慷慨就义，英雄气概惊天地而泣鬼神。

正因为中华民族有千千万万这样"顶天立地"的"奇男子"，"奇女子"，腐朽的清王朝终于被推翻了，亚洲第一个共和国终于诞生了，中国几千年帝王制度下的"乾坤"终于被"扭转来"了！

让我们再一次诵读中山先生的《咏志》诗，向这位伟大的先行者，向辛亥革命的先烈们，致敬！

黄海舟中日人索句并见日俄战争地图

秋　瑾

万里乘风去复来，只身东海挟春雷。忍看图画移颜色？肯使江山付劫灰？浊酒不销忧国泪，救时应仗出群才。拚将十万头颅血，须把乾坤力挽回！

注释

日人索句：日本友人请求赠诗　　日俄战争：1904 年日本与俄国在中国领土上为争夺殖民地而进行的战争　　图画：指中国版图　　移颜色：指版图上显示出的国土丧失　　劫灰：劫难后的灰烬

秋瑾，这位中国家喻户晓的辛亥革命先烈，其短暂的一生，是巾帼英雄的一生，为后世不仅留下了光照千秋的英雄事迹，还留下了气壮山河的英雄诗篇。她这一首在“黄海舟中”所作的七律，是其诗篇中有代表性的一首。

这首诗作于 1904 年，即日本与俄国为在中国争夺殖民地而发生战争之年。是年，作者曾先赴日本留学，后于年底乘船渡黄海回国。在船上，作者从一张日俄战争地图上看到中国土地被外敌侵占瓜分，于是满怀忧愤而有此作。

文如其人。英雄的诗篇，通篇尽显英雄本色。

诗的第一联，表面上说的是作者此行，时值岁末，残冬将去，故自己海上

"万里乘风"，是"挟春雷"而来。但明眼人一看便知，"万里乘风"而"挟春雷"，如此豪言，岂为寻常说事？联系作者其人，这显然是英雄在抒其壮志：留学海外，志在救国，一朝得时，当如东风化雨，春雷震天，复兴国运，振奋国人。

确实，当时的中国，国运之衰微已无以复加。列强明火执仗地瓜分中国的国土，其中日本、俄国尤为穷凶极恶，竟为争夺中国东北而就地发生战争，更可悲的是清政府还被迫宣布"中立"，坐视国土沦丧。面对这样的现实，作为爱国志士，秋瑾此时的忧愤之情已难以抑制。在诗的第二联，她连发两问：能忍心看着国土被列强侵占吗？能容许江山被敌人的战火化为灰烬吗？当然不能！那么，我们又应该如何呢？在诗的第三联，作者有其明确的回答：仅仅做一个借酒浇愁的"忧国"之士，是无济于事的，必须做一个挺身而出的"救时"之才，方为当世所需。这两句话，显然只能出自英雄之口，而现在则是出自一个巾帼英雄之口。也正是这两句话，该使多少坐而论道的文弱书生自叹弗如！该使多少色厉内荏的须眉男子羞愧无地！

诗的最后，"拼将十万头颅血，须把乾坤力挽回"这一联，发出了作者最强烈的心声：革命！在此，作者的英雄壮志已上升为革命宏图，充分体现了作者并非个人英雄，而是真正的革命家。她要唤起民众，共同奋斗，抛头颅，洒热血，推翻满清，打倒列强，改天换地，重振中华。我们还注意到，此诗中"须把乾坤力挽回"之句，与中山先生《咏志》诗中"要把乾坤扭转来"之句，何其相似！这不是偶然，而是"英雄所见略同"，同时代的革命家目标一致。

我们知道，秋瑾最终壮烈牺牲在满清政府的屠刀之下。她以自己的牺牲，以自己的"头颅血"，实践了自己诗中的豪言壮语，证明了自己不愧为"救时"之"出群才"。在辛亥革命百年后的今天，让我们满怀激情地告慰秋瑾和众位先烈：你们的"头颅血"没有白流，前赴后继的中华儿女已经"挽回"了祖国的"乾坤"！

声声慢·闻倭寇败降有作

沈祖棻

追踪胡马，惊梦宵笳，十年谁分平安？已信犹疑，何时北定中原？真传受降消息，做流人连夕狂欢。相笑语，待巴江春涨，共上归船。

肠断吴天东望，早珠灰罗烬，乔木荒寒。故鬼新茔，无家何用生还！依然锦城留滞，告收京、家祭都难。听奏凯，对灯花衔泪夜阑。

注释

追踪胡马：指当时入侵中国、追逐中国难民的日寇　　惊梦宵笳：战时夜间惊醒睡梦的号角声　　十年：抗日战争历时之大约数　　谁分（fèn）：谁曾想到过　　流人：流亡者　　茔（ying）：坟　　锦城：成都

沈祖棻教授（1909－1977），著名女词人。她遭逢战乱年代，赋词哀山河之破碎，叹身世之飘零，深沉凄婉，堪与李清照异代齐名。我们现在品读的这一首《声声慢》词，选自其词集《涉江词》，是作者在 1945 年闻知日寇投降时，百感交集所作。

让我们随着作者的笔触，来了解她当时的复杂情感：

日寇投降了！抗战胜利了！这是真的吗？确实，报纸在登，人们在说，这样的大事，不会虚传，应该相信。但是，“已信犹疑”，因为自从日寇入侵以来，国人颠沛流离，日有“追踪胡马”，夜有“惊梦宵笳”，长年如此惊惶，已令人

陷入绝望，谁会想到竟还有转危为安的一天呢？但无论如何，这一天真的是到来了！这使得至今还流落在川中的人们喜出望外。这些“流人”，奔走相告，“连夕狂欢”，并且都准备到明年春天川江水涨之时，“共上归船”，顺流而下，回到阔别已久的故乡。此时，大家也许还来不及想到：经过长年的战乱，自己从前的家园还依然如故吗？

作者想到了，并因此而转喜为悲：“肠断吴天东望，早珠灰罗烬，乔木荒寒。故鬼新茔，无家何用生还！”原来，作者生于江南名城苏州，家为世代书香门第。但劫火之后，昔日珠帘罗帐的宅邸，早已化为灰烬，所剩者无非萧萧乔木，累累荒茔，何复有家？这样无情的现实，当然令人“肠断”。而既然故乡已无家可归，作为权宜之计，就只能“依然锦城留滞”了。尽管思乡心切，也无可奈何。

到此，作者表达的情感，相继有闻知日寇投降的欣喜，故乡无家可归的悲哀，以及依然滞留他乡的无奈。这些情感，虽说真实、自然，但毕竟还是人之常情。而作者是词坛名家，其情感在人之常情的基础上，必有升华。

我们注意到，在词的上片，作者对日寇投降还在“已信犹疑”之际，就发出一问：“何时北定中原？”这急切的一问，正表达了作者内心的终极关注：光复神州。而且，“北定中原”一语，出自陆游著名的《示儿》诗：“王师北定中原日，家祭无忘告乃翁！”这就埋下了一个伏笔。果然，在词的下片，当作者写到因故乡无家可归而“依然锦城留滞”时，陆游的诗句就被顺理成章地化用了：“告收京、家祭都难。”也就是说，抗战至今，日寇已经投降，“收京”和“北定中原”指日可待，我本想按当年陆游临终前对其子所要求的那样，把这一喜讯在家祭时告知先人。但是，我如今还身在异乡，“家祭都难”，万分遗憾，故而“听奏凯，对灯花衔泪夜阑”。于是，故乡无家可归这种个人的无奈，现在通过化用陆游的诗句，便引出了深深的社稷之情，从而把这首词中原先表达的人之常情升华到了一个崇高的境界。显然，作者之如此手笔，不仅在于其艺术水平，更重要的是出自其强烈的爱国心。

黎元情

“黎元”，就是我们现在所说的“人民”。“黎元情”，也就是对人民的关切之情。这种感情，体现了中国传统文化的民本精神。

中国早在远古时代，就已出现含“黎元情”的诗歌。虞舜曾有怀其子民的《南风》之诗：“南风之熏兮，可以解吾民之愠兮。南风之时兮，可以阜吾民之财兮。”如此“南风”，真乃王者之风！还有夏朝王室子弟所作的《五子之歌》，其开篇即追述禹王遗训：“民可近，不可下。民惟邦本，本固邦宁。”这些远古诗歌中所含的“黎元情”，已经透露出后世中国文化传承不绝的民本精神，也开创了中国古典诗歌的民本主义传统。

中国古代一些开明的士大夫，深知“民惟邦本”，所以能够关注民生，尤其是体察民间疾苦。他们寄托“黎元情”的诗歌，几乎都是因人民的疾苦有感而作：

首先是对人民疾苦的关心。如人们所熟悉的唐朝诗人杜甫，他“穷年忧黎元”，也就是终年心忧百姓，自己的茅屋被秋风吹破了，还想着“安得广厦千万间，大庇天下寒士俱欢颜”。再如宋朝丞相、爱国志士李纲，把自己比作一头病牛，声言“但得众生皆饱暖，不辞羸病卧残阳”，等等。这些关心人民疾苦的感人诗句，流传至今。

其次是对人民疾苦的同情。我们且看一首描写纤夫的唐诗：“……吴牛喘月时，拖船一何苦！水浊不可饮，壶浆半成土。一曲都护歌，心摧泪如雨。……”作此诗者，竟是“诗仙”李白，可见他并非一味飘然若仙。再看一首描写农人的唐诗：“……足蒸暑土气，背灼炎天光。力尽不知热，但惜夏日长。……”此诗作者，则是做官的白居易。这些看似“高高在上”的诗人，对人民疾苦的同情却是如此真诚！

最后是对人民疾苦的不平。“朱门酒肉臭，路有冻死骨”，“四海无闲田，农夫犹饿死”，“遍身罗绮者，不是养蚕人”，“陶尽门前土，屋上无片瓦”……古典诗歌中这样强烈的不平之鸣，世代不绝。我们可以因之而了解中国的古代社会，也了解中国的古代诗人。

文学是可以陶冶精神的。民本精神则是需要永远发扬的。领会中国古典诗歌中的“黎元情”，在今天的现实意义也是显而易见的。

伐檀

《诗经·魏风》

坎坎伐檀兮，寘之河之干兮，河水清且涟猗。不稼不穑，胡取禾三百廛兮？不狩不猎，胡瞻尔庭有县貆兮？彼君子兮，不素餐兮！

坎坎伐辐兮，寘之河之侧兮，河水清且直猗。不稼不穑，胡取禾三百亿兮？不狩不猎，胡瞻尔庭有县特兮？彼君子兮，不素食兮！

坎坎伐轮兮，寘之河之漘兮，河水清且沦猗。不稼不穑，胡取禾三百囷兮？不狩不猎，胡瞻尔庭有县鹑兮？彼君子兮，不素飧兮！

注释

坎坎：伐木之声　寘（zhì）：放置　干、侧、漘（chún）：均指河岸边　涟、直、沦：形容水波　猗（yī）：同“兮”（语助词）　稼、穑（sè）：种植、收割　胡：何　廛（chán）：民户　狩（shòu）、猎：打猎　瞻：看见　尔：你　庭：庭院　县：同“悬”（挂）　貆（huān）：狗獾　素餐、素食、素飧（sūn）：白吃闲饭　辐、轮：指用于做车轮的木材　亿：周代的十万（此指禾把）　特：大兽　囷（qūn）：圆形粮仓　鹑：鹌鹑

这首诗，看内容像是一群劳动者在抒发怨愤，看文辞则显然是士人所作。实际上，这正是一首士人为劳动者鸣不平的诗。当时诗、歌一体。士人此诗实为歌词，作出后便由劳动者传唱。

我们可以想象当时的场面：那还是上古时代，河流清澈，林木茂盛。一群

役夫正在林中砍伐檀树，因为老爷要用这种香木为自己造车。这群面目黝黑、衣衫褴褛的役夫，埋头在那里砍呀，搬呀，劳苦之中，看似神情麻木，其实心中不平。这时候，忽有人引吭高歌：“坎坎伐檀兮……”此声一起，众人立即应声同唱。而那“坎、坎”的伐木声，此时作为一种节拍，更增添了歌声的沉重和悲怆。这些歌唱者并不知歌词是何人所作，只是感到歌词帮他们申诉了郁积在心中的不平。

我们且看原诗。此诗有三段，但第二、三段基本上是第一段的重复，个别的文字改动也是近义的。这是当时诗歌的流行写法，实际上体现了歌词特征，即以同一曲调反复歌咏。所以，我们欲知众役夫心中之不平，看第一段便知分晓。

“不稼不穑，胡取禾三百廛兮？不狩不猎，胡瞻尔庭有县貛兮？”

这两个问句，就是众役夫心中的不平：老爷从来不种田，为什么向各家各户收取粮食？老爷从来不打猎，为什么自己庭院里却挂着猎物？其实，这两个问句并不是疑问，而是质问。也就是说，提问者不是不知道问题的答案，而是对“答案”所反映的现实不能接受：同样是人，但有人为主，有人为奴，为主者可以不劳而获，为奴者只能劳而不获。这就是“坎坎伐檀”的众役夫即为奴者心中之不平。他们是被伐檀造车的繁重劳动，引发出心中早已存在的这种不平的。他们终年为主子种田、打猎，现在又要为主子造车，而劳动的成果都是供主子享受，自己永远一无所有。这样的命运，他们心中岂无不平？

常言道不平则鸣，但这些役夫没有文化，如何“鸣”？好在世上还有一些对他们心怀同情的士人，是这些士人为他们写作了《伐檀》这样的诗歌，代他们鸣不平。这样，他们在繁重的劳动中，总算有了能够一吐怨气的文学形式。当然，他们不懂文学，不清楚诗中的“河之干”、“河之侧”、“河之漘”有什么不同，也不清楚“清且涟”、“清且直”、“清且沦”有什么讲究，但他们清楚诗的大意，尤其清楚他们的主子确实是“不稼不穑”、“不狩不猎”的家伙。最后，他们对“彼君子兮，不素餐兮！”这样讽刺其主子的反语更是叫好。所以此诗他们乐于传唱。也正因为他们的传唱，周朝的采诗官才有可能采得此诗，此诗也才有可能最后入了《诗经》，而流传至今。

五噫歌

梁鸿

陟彼北芒兮，噫！顾瞻帝京兮，噫！宫阙崔巍兮，噫！民之劬劳兮，噫！辽辽未央兮，噫！

注释

陟（zhì）：登　彼：那　北芒：洛阳城北之山　噫：感叹词　顾瞻：遥望
崔巍：高大　劬（qú）劳：劳苦　辽辽：远远　未央：未竟

此诗以几句看似平常之言，而成为千古名篇。原因何在？

回答这个问题，要从历史说起。梁鸿此诗，作于东汉章帝之时。章帝是东汉第三代国君，在位励精图治。他提倡儒学，平定西域，文治武功各有建树。东汉自光武帝开国，至明帝、章帝而天下太平，史称“明章盛世”。

但正是在这个“盛世”，却出了一位忧国忧民的士人梁鸿。其《五噫歌》，不同凡响， 鸣惊人。他面对“帝京”的“宫阙崔巍”，看到的不是盛世长存，而是衰世将至。其理由，就在于“民之劬劳”“辽辽未央”。他看对了。确实，国以民为本。人民在沉重的赋税和徭役下过度劳苦，且永无宁日，终将不堪重负，从而导致国家动乱、衰亡。所以，梁鸿当时能作此诗，实乃有识之士。其盛世危言，理当引起统治者的高度警觉。

但是此时的汉章帝，正在志得意满，忽闻此“五噫”之歌，当然如闻恶咒，于是立即下令缉拿作者。梁鸿被迫远走他乡，从此改名换姓，隐居终生。

后来东汉的国运，果然如梁鸿所忧，盛极而衰。章帝驾崩后，和帝继位。从和帝开始，东汉王朝便江河日下，政治腐败，民生凋敝，不出百年而天下大乱，最后爆发黄巾起义，导致军阀混战，东汉王朝终于走向覆亡。

在了解这一段历史的基础上，我们再来探讨梁鸿的《五噫歌》何以为千古名篇。

首先，此诗思想不凡。从来忧国忧民之诗，多作于衰世，而梁鸿此诗，偏作于“盛世”，且诗中所忧，又被后来的历史证实，并非“杞人之忧”。所以，此诗思想之不凡，是显而易见的。

难以看到的是，此诗艺术上亦不凡。其特色有二：

一是平易中出震撼。乍看此诗，似随口吟出，毫无文采。但仔细品味，会发现作者所要表达的居安思危的思想，还正需要这样实话实说，以振聋发聩，如果舞文弄墨，反而会干扰主题。但此诗也不是一味平易，而是令人意想不到地在每一诗句之后，都重重地加上一声感叹“噫”，这就大大增强了作品的震撼力。如此五个“噫”下来，确实已令人惊心动魄了。

二是留有想象空间。此诗虽是实话实说，但也并没有最后说到底。且看：从“陟彼北芒”到“顾瞻帝京”，我们随着作者的脚步和目光，开始面对东汉王朝的心脏——洛阳。然后我们看到什么呢？“宫阙崔巍”。就在此时，作者思想的闸门打开了。而涌出的思想是：这“崔嵬”的“宫阙”背后，乃是“民之劬劳”，并且这种“民之劬劳”，还“辽辽未央”。写到此，要是我们，就一定会再写下去，即“民之劬劳”“辽辽未央”之后又会怎样（无非是民不聊生，国将不国）。可是，此诗到此却戛然而止了。作者把“下一步”留给了读者去想象，这就叫做余味无穷。当时的汉章帝，就显然是品出这个“余味”了，要不然，怎么会龙颜大怒，下旨抓人呢？

梁鸿不是什么大诗人，其传世之作寥寥无几。但他的这首《五噫歌》确实是心忧天下、情系苍生的名篇，所以流传至今。要相信，历史的筛选是不会错的。

茅屋为秋风所破歌

杜　甫

八月秋高风怒号，卷我屋上三重茅，茅飞渡江洒江郊。高者挂罥长林梢，下者飘转沉塘坳。南村群童欺我老无力，忍能对面为盗贼。公然抱茅入竹去，唇焦口燥呼不得，归来倚杖自叹息。俄顷风定云墨色，秋天漠漠向昏黑。布衾多年冷似铁，娇儿恶卧踏里裂。床头屋漏无干处，雨脚如麻未断绝。自经丧乱少睡眠，长夜沾湿何由彻！安得广厦千万间，大庇天下寒士俱欢颜，风雨不动安如山。呜呼！何时眼前突兀见此屋，吾庐独破受冻死亦足！

注释

挂罥（juàn）：挂（上）　坳（ào）：低洼地　俄顷：不久　布衿：棉被　恶卧：睡相不好　丧乱：战乱　彻：到头　大庇：广为庇护　突兀：高耸　见（xiàn）：现　足：心满意足

在杜甫的诗中，《茅屋为秋风所破歌》是非常著名的一首。读这首诗，我们会更加体会到诗人确实是“穷年忧黎元”，也会更加理解他何以被后世尊称为“诗圣”。

这首诗是杜甫在安史之乱中流落西南时所作。当时他得朋友之助，在成都郊外搭一茅屋安家。但时隔不久，一场秋风袭来，吹破了茅草屋顶，接着屋漏又遭连夜雨，一家人在风雨交加的秋夜，苦等天明，万般无奈："床头屋漏无干处，雨脚如麻未断绝。自经丧乱少睡眠，长夜沾湿何由彻?"从这几句生动的描绘中，我们可以想象当时的情景是多么困苦、凄凉。诗写到此，已经足以令读者对诗人的不幸遭遇深深同情。

但是，这首诗并没有到此为止。真正的神来之笔，还在后面："安得广厦千万间，大庇天下寒士俱欢颜，风雨不动安如山。呜呼！何时眼前突兀见此屋，吾庐独破受冻死亦足!"

何等博大的胸怀！何等崇高的境界！

首先，他心忧天下而超脱自身。

我们要注意到，杜甫是在自家"茅屋为秋风所破"之后而作此诗的。从诗中也可以看出，他深深感受到了自己的贫穷、衰老和不幸。按人之常情，此时此刻，谁能释怀？谁不自叹？何况自古诗人多愁善感，当他们处于艰难困苦之中时，为自身的遭遇有愁有感，是再正常不过的。事实上，前人诗歌中这种千愁百感之作屡见不鲜，而且许多还堪称佳作，流传至今。但是，正如俄国文学评论家别林斯基所指出的："任何一个诗人也不能由于他自己和靠描写他自己而显得伟大，不论是描写他本身的痛苦，或者描写他本身的幸福。任何伟大诗人之所以伟大，是因为他们的痛苦和幸福的根子深深地伸进了社会和历史的土壤里，因为他是社会、时代、人类的器官和代表。"这一深刻的见解，正好印证了杜甫的伟大，因为他正是把自身的痛苦看成全社会痛苦的一部分。他从自家"茅屋为秋风所破"的遭遇，想到了"天下寒士"，希望有"广厦千万间"来"大庇天下寒士俱欢颜"。当他沉浸在这种善良、美好的愿望中时，实际上已经超脱了自身，把个人的遭遇置之度外了。他的这种心忧天下而超脱自身的博大胸怀，当然是源于儒家的核心思想——"仁"，即"仁者爱人"。

然后，他欲济天下而甘舍自身。

我们看到，杜甫在表达了"安得广厦千万间，大庇天下寒士俱欢颜"的愿望之后，意犹未尽。他进一步想象：要实现自己的这一愿望，是必须付出代价的。但自己穷困潦倒，仅有的茅屋也已经残破不堪，那么还能付出什么呢？作为一个一无所有的人，最后就只有生命了。当然，我们知道，即使杜甫"吾庐独破受冻死亦足"，也不可能"眼前突兀见此屋"。世上不可能出现这样的奇迹，实际上是杜甫的济世之心太切了。他这种欲济天下而甘舍自身的精神，当然还是源于儒家思想，也就是"舍生取义"。

心忧天下而超脱自身，欲济天下而甘舍自身，诗人杜甫既有此圣贤之德，那么当然就堪称"诗圣"了。

观刈麦

白居易

田家少闲月，五月人倍忙。夜来南风起，小麦覆陇黄。妇姑荷箪食，童稚携壶浆。相随饷田去，丁壮在南冈。足蒸暑土气，背灼炎天光。力尽不知热，但惜夏日长。复有贫妇人，抱子在其旁。右手秉遗穗，左臂悬敝筐。听其相顾言，闻者为悲伤。家田输税尽，拾此充饥肠。今我何功德？曾不事农桑。吏禄三百石，岁晏有余粮。念此私自愧，尽日不能忘。

注释

刈（yì）：割　荷（hè）：背　箪（dān）食：竹器所盛饭食　饷田：给田间劳作者送饭　秉：拿着　遗：落下的　敝：破旧的　输税：缴税　曾不：不曾　石（dàn）：十斗（粮食）　岁晏：年底

白居易在唐朝诗人中，是比较能够接近人民的。他一生中留下了许多同情人民疾苦的诗篇，《观刈麦》就是其中有代表性的一首。此诗文字浅显，描绘生动，情感真挚，现在为中学语文课本所必选。

白居易此诗，作于他在一个县里任县尉（县令辅佐）之时。诗中写他在夏天麦收季节，一次亲临现场的所见、所闻、所感。由于此诗通俗易懂，人们读来便对当时农民生活的艰难困苦一目了然。作者的意图，当然也正是希望读者从中了解农民生活的艰难困苦。但是，我们今天解读此诗，还应再深入一步，看到作者能写出此诗，其精神之难能可贵。

难能可贵首先在于作者的情怀。我们知道，作者是亲临麦收现场，而写出此诗的。但是，作者最终能写出此诗，亲临麦收现场只是前提条件，而不是根本原因，根本原因乃是作者对农民生计的关心，对农民疾苦的同情。其实在古代，官老爷下乡也是有的。他们往往春耕时去看一下，秋收时去看一下，看的是农事，算的是田赋，关心的是能否向朝廷交差。但白居易下乡后，却是在那里认真地“观刈麦”。他首先是和农民们分享丰收的喜悦：“夜来南风起，小麦覆陇黄。妇姑荷箪食，童稚携壶浆。相随饷田去，丁壮在南冈。”然后，他对“丁壮”们“足蒸暑土气，背灼炎天光”的艰辛劳动深深同情，对其“力尽不知热，但惜夏日长”的悲苦心情深深理解。身为官老爷而有如此情怀者，能有几人？

更为难能可贵的是，作者本是官场中人，却敢于揭露官府的苛捐杂税给农民造成的苦难：“复有贫妇人，抱子在其旁。右手秉遗穗，左臂悬敝筐。听其相顾言，闻者为悲伤。家田输税尽，拾此充饥肠。”

这一段描写可以说催人泪下。我们不敢想象：村里麦收过后，田边再无“遗穗”可拾，那位“贫妇人”和她的孩子又将何以“充饥肠”？

还有难能可贵的：在诗的结尾，作者不是感慨一番而已，而是把“观刈麦”所感受到的农民生活的艰辛、苦难，主动地与自己的官员身份联系起来，从而表达了发自内心的自责、自愧：“今我何功德？曾不事农桑。吏禄三百石，岁晏有余粮。念此私自愧，尽日不能忘。”

其实，“吏禄三百石”，不过是一小官。但作者居官虽小，却有如此强烈的使命感和责任心。对比官场中那些正在百般钻营的小官和已经心安理得的大官，白居易是何等高尚！

河北民

王安石

河北民，生近二边长苦辛。家家养子学耕织，输与官家事夷狄。今年大旱千里赤，州县仍催给河役。老小相依来就南，南人丰年自无食。悲愁天地白日昏，路傍过者无颜色。汝生不及贞观中，斗粟数钱无兵戎！

注释

河北：指北宋境内黄河以北地区　二边：指北宋与辽、西夏的边界　输：缴　事：供奉　夷狄：指辽、西夏　给河役：充当河工（服劳役）　无颜色：面无生气　汝生：你们在世　不及：没赶上　贞观：唐太宗年号　斗粟：一斗粟米　数钱：（只值）几个钱　兵戎：战争

提起王安石，人们就会想起“王安石变法”。确实，北宋的“王安石变法”，是中国历史上的重大政治事件。那么作为这一变法运动之倡导者的王安石，是鉴于当时怎样的形势，而决心变法的呢？回答这个问题，当然要查阅史料。但除了史料，还有一首著名的史诗，可为佐证。这首史诗就是王安石自己写作的《河北民》。我们之所以称之为史诗，是因为这首诗生动地描绘了北宋中期积贫积弱、民生凋敝的社会现实，形象地展现了那一页惨淡的历史画面。

作者写此诗时，其人并不在河北，而在淮南。他是目睹了河北灾民南下逃荒的惨景，有感而作此诗的。正因为这些灾民是从河北而来，所以作者首先想

到他们“生近二边长苦辛”，即生活在接近辽与西夏的边境地区，长年劳苦且不得安宁。然后，作者满怀同情，依次描写了他们的痛苦生活、悲惨遭遇和绝望处境：

“家家养子学耕织，输与官家事夷狄。”这两句描写的是“河北民”长年的痛苦生活。他们世世代代男耕女织，但是辛勤劳动的成果，都被官府收缴去供奉辽与西夏了。这是怎么回事呢？原来，北宋是一个软弱无能的王朝，受辽与西夏的侵犯而始终屈辱求和，当时每年向辽纳银二十万两、绢三十万匹，向西夏纳银七万两、绢十五万匹、茶三万斤，以此求得苟安。而如此沉重的负担，无疑都压在人民头上，“河北民”更是首当其冲。由此我们看到，一个无能政府给人民带来的苦难，是何等深重！

“今年大旱千里赤，州县仍催给河役。”这两句描写的是“河北民”眼下的悲惨遭遇。本来，在赤地千里、颗粒无收的大旱之年，朝廷应该放粮赈灾才是。但朝廷却不闻不问。而地方官府则仍然照例逼迫农民服劳役。这样的日子，农民还怎么过？

“老小相依来就南，南人丰年自无食。”这两句描写的是“河北民”已经陷入的绝望处境。既然在家乡活不下去，当然就只能出外逃荒了。而作为“河北民”，逃荒自然只能向南走。但他们没有想到的是，在丰收之年的南方，百姓竟然也没有饭吃。那么，“南人”的粮食又到哪里去了呢？显然，还是那个问题，“输与官家事夷狄”了。其实，这并不奇怪：“官家”每年向“夷狄”所纳的巨额钱财，本来就是要举北宋全国之力才能凑足的。“河北民”固然首当其冲，“南人”也同样在所难免。可怜的“河北民”，原是指望南来讨饭的，现在“南人”自己都没有饭吃，看来他们的生路是绝了。

这就是当时北宋的社会现实！

实际上，作者写此诗时，还初入仕途，官卑职小，年纪也不过二十来岁。但就在此时，他已经非常关注民生，这是很了不起的。并且，从他向往“斗粟数钱无兵戎”的唐朝贞观之治，也显示出他志在匡时济民。果然，二十多年后，他入朝拜相，便发起了变法运动。由此我们看到：一个真正的政治家，改革家，必然是心系人民的，他的奋斗目标，也必然是解救人民，造福人民。

醉太平

无名氏

堂堂大元，奸佞专权，开河变钞祸根源，惹红巾万千。官法滥，刑法重，黎民怨。人吃人，钞买钞，何曾见？贼做官，官做贼，混愚贤。哀哉可怜！

注释

奸佞（nìng）：邪恶而谄媚者　　开河：元末因黄河决口改道而恢复其故道的工程　　变钞：元末朝廷为摆脱财政困境而发行贬值的新钞（通过新旧钞兑换盘剥人民）　　红巾：元末农民起义军　　愚贤：此处指邪与正　　可怜：即可悲

这首元曲，作者虽无其名，作品却很有名，而且当时就已传遍全国。至今元曲选本，必有此篇。在中国古典诗歌史上，像这样以大白话激烈抨击当朝统治者的作品，还很少见。

蒙元是中国历史上的一个黑暗王朝，立国短暂而劣迹斑斑。我们现在品读的这首《醉太平》，显然作于元末，而且是在红巾起义已经爆发之后。作品一开头就锋芒毕露：先是对元廷予以辛辣讽刺，称其“堂堂大元”而“奸佞专权”，然后尖锐指出当时元廷的统治危机：“开河变钞祸根源，惹红巾万千。”这里所说“开河”与“变钞”，是相关联的两件事：顺帝至正四年，黄河三次决口泛滥，流民遍野，而元廷财政枯竭，无力治河。拖到至正十年，元廷为筹集治河经费，滥发新钞取代旧钞，导致通货膨胀，物价飞涨。至正十一年，元廷征发十五万民工开通黄河故道。因粮饷被克扣而满怀怨愤的众民工，以红巾裹头起而造反，是为红巾起义。其后天下大乱，群雄割据，腐朽的元廷已无力回天。至正二十八年，朱元璋派遣的北伐大军逼近大都，顺帝仓惶出逃，蒙元灭亡。

其实，蒙元的灭亡，“开河变钞”只是直接原因，并不是根本原因，根本原因还在于这个王朝由来已久的黑暗与腐败。而这首《醉太平》中的如下三段，正是对元朝黑暗与腐败的大胆揭露和抨击：

“官法滥，刑法重，黎民怨。”

“人吃人，钞买钞，何曾见？”

“贼做官，官做贼，混愚贤。”

这就是元朝，就是当时百姓眼中的元朝。这些揭露和抨击看似激烈，其实句句是实，而根本的问题就是元朝“官法滥”。

比如元朝实行的民族等级制度，就是“官法滥”的一个明证。开国之初，元廷就把民族歧视制度化，分国人为四等：蒙古人、色目人、汉人、南人。蒙古人是他们自己，当然是一等人。色目人主要指回回，因可以帮助蒙古人统治中国，所以位列二等。汉人和南人则指先后被元朝征服的中原地区和江南地区的汉人，本来都是汉人，之所以还要把他们分为三等、四等，是因为他们占人口的大多数，元廷要分而治之。这一制度还明文规定了汉人在政治、经济乃至人身上的被压迫地位，诸如汉人被蒙古人殴打不准还手，蒙古人杀死汉人无须偿命，等等。这样野蛮的“官法”，在中国历朝中是绝无仅有的。

再如朝廷疯狂掠夺民田，搜括民财，这也是元朝“官法滥”的重要表现。元朝盛行朝廷对贵族的赏赐，包括田地和钱财。田地赏赐方面，自开国以后不断加码，从百顷，千顷，直到万顷。这些田地完全是从农民手中非法兼并而来。随着田地的赏赐量越来越大，当然是失地的农民越来越多。钱财赏赐方面，首先是依靠税收。元朝中期，朝廷税收岁入约二百八十万锭，而武宗即位不到一年就支出八百二十万锭，仁宗即位后更支出二千万锭，支出中大部分都是用于赏赐。那么入不敷出的巨额亏空又如何填补呢？元廷的办法就是滥发纸币，以“钞买钞”实行不等价兑换，从中盘剥人民。

这个黑暗、腐败的王朝，“官法滥”到如此程度，怎能不招致“黎民怨”？所以，当时这首《醉太平》迅速传遍全国，绝非偶然，其反映民众的心声、鼓动民众起而反抗的作用，是显而易见的。

咏煤炭

于 谦

凿开混沌得乌金，蓄藏阳和意最深。爝火燃回春浩浩，洪炉照破夜沉沉。鼎彝元赖生成力，铁石犹存死后心。但愿苍生俱饱暖，不辞辛苦出山林。

注释

凿开混沌：指开发自然　乌金：即煤炭　蓄藏阳和：（煤炭中）含有热能　爝(júe)火：火把　鼎彝：食具及酒器（泛指金属器物）　元：本

这一首《咏煤炭》诗，是明朝民族英雄于谦的代表作。读此诗，先要对于谦其人其事有所了解。

明朝自太祖开国，历五世传至英宗，国势已由盛转衰。正统十四年，蒙古瓦剌部入侵。昏庸的英宗受太监王振的蛊惑，“御驾亲征”，结果在土木堡战败被俘。瓦剌军乘势进逼，北京危在旦夕，史称“土木之变”。时任兵部侍郎的于谦，以国家存亡的大局为重，果断扶英宗之弟郕王监国（后来即位），反对迁都，率领军民坚持抗敌，终于战败瓦剌军，并迎英宗还朝。但英宗不念国家转危为安，只对自己失去帝位耿耿于怀，并因此深恨于谦。他重新夺得帝位后，终于杀害了于谦。于谦的遭遇，显然和前朝的岳飞极其相似：都有抗敌救国的赫赫战功，又都因为触犯了皇帝的个人利益而被害。无怪乎后世把他们并称为“千秋两少保”（二人都有“少保”封号），立祠纪念。

于谦其人其事如此，故有《咏煤炭》这样的抒发济世之怀的诗篇。

于谦此诗，由于所咏之物是煤炭，所以作者首先揭示了煤炭的本质特性：“蓄藏阳和”，也就是内含热能。但作者的真正用意，当然不在于称颂煤炭所含的热能，而在于表达自己的济世之怀。这种济世之怀，正是作者建功立业的前提。

然后，作者又借煤炭在燃烧中的景象，即“爝火燃回春浩浩，洪炉照破夜沉沉”，影射当时明王朝走向衰落、黑暗的现实，表达自己要致力于国家振兴的豪情壮志。事实上，作者正是这样做的。“土木之变”后，他力挽狂澜，安邦定国，这不正像燃烧的煤炭之“爝火”“回春”，“洪炉”“破夜”吗？

接下来，作者再借煤炭燃烧的功用，即“鼎彝元赖生成力，铁石犹存死后心”，进一步表达自己甘为国家献身的一片赤诚。我们注意到，这里诗中已出现“死”字，表面上说的是煤炭燃烧后化为灰烬而“死”，实际上当然是表明自己作好了以身殉国的思想准备。他深信，国家的“铁石”之坚，正是自己“死后”之“心”所铸成。

诗的最后，作者把煤炭进一步人格化：“但愿苍生俱饱暖，不辞辛苦出山林。”此联以极为质朴、真切的语言，道出了作者不惜以身殉国的真正出发点：天下苍生。也就是说，作者的济世之怀，并非仅仅是爱国，而归根结底在于爱民。正因为如此，他在皇帝被俘，京城被困，国家危在旦夕之际，才敢于另扶皇亲监国，坚持抗敌。他这样做，实际上是对当时社会“君国一体”的触犯，是冒了极大的政治风险的，而且最后果然付出了生命的代价。在这个意义上，于谦的思想境界，已经高于一般的爱国者。他所奉行的，实际上是中国传统政治文化中一种最积极的精神，即民本精神。这种精神，先贤表述为“民惟邦本”，以及“民为贵，社稷次之，君为轻”。

应该说，理解到这一步，才算是理解了于谦这首诗。

墨竹图题诗

郑　燮

衙斋卧听萧萧竹，疑是民间疾苦声。些小吾曹州县吏，一枝一叶总关情。

注释

衙斋：指县衙的书房　　些小：小小　　吾曹：我辈　　关情：牵动感情

郑燮，号板桥，是著名的清初画家、书法家、诗人，“扬州八怪”之一。他曾在山东当过县令，为官清廉刚正，尤其关心民间疾苦，离任时百姓拦道挽留，后来立生祠纪念之。他这一首题在自己所画墨竹图上的七绝诗，是传世名作，也是他为官的写照。

郑燮所画，多为兰、竹、石，其中竹画又多为不设色的墨竹，由此可想见其为人之淡泊。然而淡泊之人，未必无情。从历史上看，真正淡泊名利，志存高远者，无不心存仁爱，情系苍生。郑燮其人其诗，即可为证。

郑燮这一首诗中，因画竹而产生的联想，别具一格。通常文人画竹题诗，无非标榜清高、孤傲。郑燮则不然。他因画竹而联想到自己衙斋窗外之竹，又因此竹联想到其风前萧萧之声。至此，所生联想虽有情致，倒也无奇。关键是此后的进一步联想，即因萧萧之竹声，竟联想到黎民在疾苦中的呻吟。这就奇了！

实际上，作者的这一奇想，并非无源之水，无根之木，而是有其现实生活基础的。我们不难想象，既然作者在画竹题诗时也不忘民间疾苦，那么必然是当时的民间疾苦非常深重，且作者正在为之忧心劳神。事实正是如此。乾隆十一年作者由范县调署潍县，正值当地连年灾荒，乃至出现人吃人。这样的民间疾苦，当然是无以复加的了。他一到任，就果断地下令开仓放粮。有人提醒他，动国库是大事，必须先请示上司。他毫不犹豫地回答说："已经什么时候了？再等到层层报上去，层层批下来，百姓岂不都饿死了？出了事我承担!"由于他的敢作敢当，当时被救活的百姓在万人以上。此后，他还开办修城墙防水患的工程，大量招募工役，因之也解决了饥民的就食问题，一举两得。正因为郑燮是这样一个特别关心民间疾苦的"父母官"，而当时当地的民间疾苦又确实深重，所以他才会把风前的萧萧竹声，也"疑是民间疾苦声"。

诗的最后一句"一枝一叶总关情"，真是神来之笔。这"一枝一叶"，是因竹而言，但实际所指则显然是民间疾苦。此句的意思就是说：即使是"一枝一叶"的民间疾苦，对于我这个"州县吏"，都是"关情"的。这样，全诗以竹开头，以竹结尾，前后呼应，浑然一体，借喻贴切，寓意自明。

总之，此诗无论思想性还是艺术性，都不同凡响，确实值得品味。

書劍情

文韬武略
廖蘊玉
乙酉夏於中大

书剑，文武之所用。但在国人传统的语境中，这个特定组合词的含义，已经从文武所用引申为文武之才，文武之业，从而与士大夫结下不解之缘。

士大夫是中国古代社会的文化与政治主体人群。“士”指读书人，“大夫”泛指为官者。“士”与“大夫”合称，是因为二者的天然联系：“士”向“大夫”发展，“大夫”从“士”中来；“士志于道”（孔子语），“大夫”更“志于道”，此“道”即“治国平天下”之道。

士大夫既然以“治国平天下”为信念和使命，那么施展文武之才而为国家建功立业，就成为其终生情结。此一情结，即为中国士大夫特有的“书剑情”。显然，这种“书剑情”，根源于“社稷情”，是“社稷情”之合乎逻辑的延伸。

我们再来看中国古典诗歌中的“书剑情”。正如我们所知，在中国古代社会，士大夫不仅是文化—政治主体人群，同时也是诗歌创作主体人群。所以，他们的“书剑情”，也如同他们的“社稷情”一样，必然地表现于诗歌之中，并且表现得有声有色：

当身逢盛世，大有作为之时，则“我欲攀龙见明主”。或出谋划策，“愿为圣明除弊政”；或投笔从戎，“论功还欲请长缨”。

当仕途坎坷，举步维艰之时，亦未必心灰意冷，而往往满怀自信："我辈岂是蓬蒿人"？"天生我材必有用"，"长风破浪会有时"！

当奸邪得势，直道难容之时，决不趋炎附势，随波逐流，"安能摧眉折腰事权贵"？毕竟"富贵于我如浮云"，"要留清白在人间"。

当怀才不遇，流落江湖之时，虽叹息"长安不见使人愁"，但仍然心系社稷，"位卑未敢忘忧国"，并自愧"未有涓埃答圣朝"。

……

有阅读经验者都知道，在中国古典诗歌中，这种体现士大夫之"书剑情"的作品，千百年来不仅大量涌现，而且名篇、名句迭出。所以这一部分作品，是我们学习中国古典诗歌、领会中国古典诗歌之"文化情"的重要内容。我们从中感受到的，将不仅是中国特有的士大夫精神，甚至是中国传统文化的核心价值观。

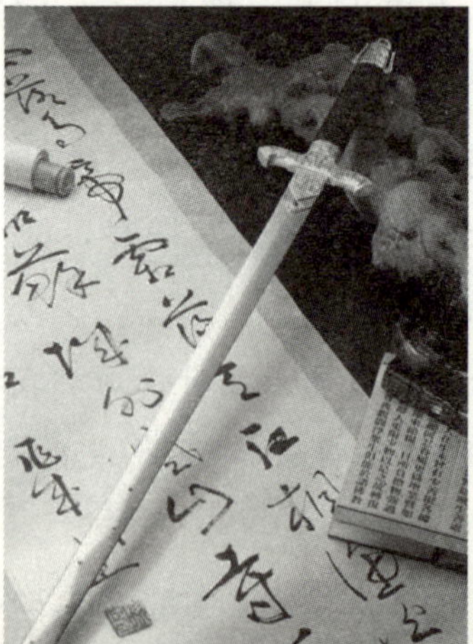

鹤鸣

《诗经·小雅》

鹤鸣于九皋，声闻于野。鱼潜在渊，或在于渚。乐彼之园，爰有树檀，其下维萚。它山之石，可以为错。

鹤鸣于九皋，声闻于天。鱼在于渚，或潜在渊。乐彼之园，爰有树檀，其下维榖。它山之石，可以攻玉。

注释

九皋（gāo）：曲折的沼泽　野：原野　渚（zhǔ）：水中小洲（此处指洲边浅水）
爰：语助词　树檀：檀树　维：是　萚（tuò）：一种杂木　错：琢玉之石
榖（gǔ）：构树（此处意为杂木）　攻：此处指琢（玉）

《鹤鸣》是《诗经》中的名篇。无论从其内容还是文辞，都不难看出此诗的作者必为当时之高士。那么他在诗中究竟写了什么呢？如果观其字面，此诗终篇并无一言透露出作者的境遇和情感，而只是反复描写着几种自然物。但是后世士人凡读此诗者，无不心领神会，击节叹赏。这是怎么一回事呢？

原来，此诗用的是《诗经》“赋、比、兴”手法中的“比”，也就是我们现在所说的比喻。这种手法在《诗经》中最为常见，体现了早期中国先民在诗歌创作上朴素的形象思维方式。通过比喻，诗歌的主题思想更加形象、生动了，也更加耐人寻味了。

我们现在就来看《鹤鸣》一诗中，作为比喻而被反复描写的四种自然物：鹤，鱼，檀，石。这四种自然物都是人们熟悉的，所以一经描写，比喻的含义便很容易被人们所理解：

鹤，它藏身在那茫茫沼泽之中，偶尔悚然长鸣，其声达于广野，达于遥天。人们但闻其声，不见其形，莫测其高深。

这真是在描写鹤吗？

鱼，它时而潜入深渊，无影无踪，时而游近浅滩，若隐若现。它不受拘束，也不求显露。它唯一的生存要求是：得水。

这真是在描写鱼吗？

檀，它是名贵的香木，从来受到人们的青睐。但它即使被植于园中，也难免与杂木为邻，而园主对此却并不介意。

这真是在描写檀吗？

石，它本生于山中，但山与山不尽相同。此山之石，人所易得，却不能琢玉。它山之石，可以琢玉，却又人所不知。

这真是在描写石吗？

到此，人们已经完全明白了，作者是在以自然界的鹤、鱼、檀、石，比喻人世间怀才不遇之高士：他们或者不在其位，或者在其位而不得其用。他们像野鹤一样超然，但同时也是孤独的。他们像游鱼一样闲适，但同时也是失落的。他们像香檀一样含蓄，但同时也是无奈的。他们像奇石一样隐秘，但同时也是寂寞的。千古以来，他们的郁郁之情，多寄于诗歌，乃至形成中国古典诗歌中书剑情的主旋律。而此类诗歌的发端之作，就是这首《鹤鸣》。“鹤鸣”，是此诗之名，同时又是千古以来此类诗歌之贴切而传神的总名！

“鹤鸣于九皋，声闻于野”……

“鹤鸣于九皋，声闻于天”……

涉　江（节选）

屈　原

鸾鸟凤皇日以远兮！燕雀乌鹊巢堂坛兮！露申辛夷死林薄兮！腥臊并御、芳不得薄兮！阴阳易位、时不当兮！怀信侘傺、忽乎吾将行兮！

注释

鸾鸟：凤凰一类的神鸟　　凤皇：凤凰　　巢：筑窝　　堂坛：朝堂、祭坛　　露申、辛夷：芳草、香木　　林薄：树林、草地　　御：进用　　薄：靠近　　当（dàng）：合宜　　信：忠诚　　侘傺（chàchì）：失意　　忽：飘然

《涉江》是屈原辞继《离骚》之后的又一代表作。《离骚》作于屈原被楚怀王疏远之时，而《涉江》作于屈原被怀王之子顷襄王流放之后。在《涉江》这首抒情诗中，作者描绘了“发枉渚”，“宿辰阳”，“入溆浦”，跋涉于蛮荒之地的艰辛，表达了“幽独处乎山中”，“迷不知吾所如”的苦闷，更宣示了自己宁可“愁苦而终穷”，也“不能变心而从俗”的信念。在诗的结尾一段，作者对于当时奸邪得势、忠良遭贬的黑暗现实，愤激之情达于高潮，乃至以一句一“兮”的急促节拍，连声浩叹，撼人心魄。而我们现在对《涉江》节选品读的，就是这撼人心魄的结尾一段。

“鸾鸟凤皇日以远兮！燕雀乌鹊巢堂坛兮！”这是多么形象的比喻！鸾鸟和凤凰是神鸟，是美好、吉祥的象征。但是，它们已经一天天远去了。它们为什么会远去呢？原来，世道变了，燕雀乌鹊得势了。这些杂七杂八的鸟类，以前只能藏身在丛林里，而如今居然已在朝堂和祭坛上筑巢，简直不可思议！这样的世道，哪里还有鸾鸟和凤凰的位置呢？这个比喻的含义十分清楚：在如今的楚国，贤臣只能被逐出朝廷，因为朝廷已经是小人当道。事实也的确如此：忠

君爱国的大夫屈原被流放了，而嫉贤妒能的令尹子兰却正当红。

“露申辛夷死林薄兮！腥臊并御、芳不得薄兮！”这又是多么生动的比喻！大自然中，草木繁多，但是芳草香木却不可多得。如今偏偏是露申辛夷这样的芳草香木死去了。其原因，当然是它们不能适应已经恶化的气候和土壤。而正因为它们的死去，世上从此失去了芳香，结果让各种腥臊之气肆意弥漫。更反常的是，竟有人对这种腥臊之气还情有独钟，颇为受用。这个比喻的含义同样也是十分清楚的：楚国朝廷逐出屈原这样的贤臣以后，再也听不到忠言了，能听到的只是谗言，而国王爱听的正是这种谗言。

“阴阳易位、时不当兮！怀信侘傺、忽乎吾将行兮！”到最后这两句，我们看到，已经不需要再比喻了，可以直抒胸臆了：这世道已经是非颠倒！不是吗？贤臣被逐，而小人当道；忠言罹祸，而谗言受赏。世道如此是非颠倒，还能指望有何作为？我现在既然已被逐出朝廷，那就爽爽快快地走吧！当然，话是这样说，作者毕竟是一个满怀忠诚而失意的志士仁人，岂能真的走得那么爽快？实际上，他是走得非常痛苦、非常无奈的。否则，他为什么最终还是投江自尽了呢？

行路难

李　白

金樽清酒斗十千，玉盘珍羞直万钱。停杯投箸不能食，拔剑四顾心茫然。欲渡黄河冰塞川，将登太行雪满山。闲来垂钓碧溪上，忽复乘舟梦日边。行路难！行路难！多歧路，今安在？长风破浪会有时，直挂云帆济沧海！

注释

金樽：金饰酒器　　斗十千：一斗（酒）值十千钱　　珍羞（馐）：美食　　直：值
箸（zhù）：筷子

这一首《行路难》，和我们已品读的那一首《长相思》，可以说是姊妹篇，都是李白因离开长安而作，也都是唐诗乐府题的名作。在《长相思》中，作者表达的是他已经离开长安之后对朝廷的眷念，对国事的忧心。而在《行路难》中，作者表达的则是他即将离开长安之时对功业的执着，对前途的自信。

《行路难》这首诗，看来是李白作于京中友人为他践行的酒席之上。我们知道，李白的诗，似乎与酒有着不解之缘，许多名篇名句都出自饮酒，如《月下独酌》中的“花间一壶酒，独酌无相亲。举杯邀明月，对影成三人……”，《将进酒》中的“古来圣贤皆寂寞，唯有饮者留其名……五花马，千金裘，呼儿将出换美酒，与尔同销万古愁”，等等，不胜枚举。但是，偏偏这一次，他面对“金樽清酒”，“玉盘珍羞”，却“停杯投箸”，不想饮酒。酒没有饮，诗还是作出来了，并且作得慷慨激昂。这是为什么呢？

唯一的解释是：他此时心中之愁，太深太重，即便饮酒，也只能像他在另一首诗中所说的：“举杯销愁愁更愁”（《宣州谢朓楼饯别校书叔云》）。若问他愁

从何来，诗题已道出："行路难"。

李白是在游历半生，名满天下之后，于天宝元年奉召入京的。他原以为建功立业的时机到了。殊不知唐玄宗只让他当个文学侍从，并不委以重任，两年后，即天宝三载，干脆把他"赐金放还"，也就是逐出了朝廷。这样的遭遇，当然是他始料未及的，对他精神上的打击可想而知。今后再到哪里去呢？他"拔剑四顾心茫然"，终于体会到仕途上的"行路难"了。这"行路"之"难"，就像"欲渡黄河冰塞川，将登太行雪满山"，简直寸步难行！

但是，尽管"行路"如此之"难"，李白仍然没有灰心，仍然向往"行路"，他太希望为国家建功立业了。这个希望，当然还是寄托于皇上。"闲来垂钓碧溪上，忽复乘舟梦日边。"这两句，表面上写的是"行路"受阻后的一段插曲，实际上写的是两个典故：一是贤士姜尚八十岁垂钓于渭水之滨，后来被周文王重用；一是贤士伊尹梦见自己乘舟绕日月而行，后来被商汤王重用。作者引用这两个典故，其意不言而喻：自负有姜尚、伊尹之才，希望有文王、汤王之遇。

当然，希望归希望，现实归现实。而李白眼前的现实，还是"行路难"。万般无奈之下，他情不自禁地连呼"行路难！行路难！"他慨叹世上"多歧路"，甚至不知自己"今安在？"

到此，我们或许以为作者已经无话可说了。不！他还要表达自己最后的信念："长风破浪会有时，直挂云帆济沧海！"此时的李白，已经四十多岁了，但姜尚不是八十岁才遇文王吗？是的，我们知道李白后来还是壮志未酬，知道他在安史之乱中一心报国却被皇室内争所牵累，险遭不测，晚年四处漂泊，最后客死异乡。他的结局，确实令我们后世之人感叹。但无论如何，他写这首《行路难》时，毕竟还在中年。他不屈服于挫折，不屈服于命运，满怀信心，一往无前。这种精神，我们还是应该肯定，而不必以成败论英雄。更何况，他虽在政治上失意，却成为名垂千古的伟大诗人，怎么就不成功呢？

望蓟门

祖　咏

燕台一望客心惊，笳鼓喧喧汉将营。万里寒光生积雪，三边曙色动危旌。沙场烽火侵胡月，海畔云山拥蓟城。少小虽非投笔吏，论功还欲请长缨！

注释

蓟门：蓟门关（在今北京市）　燕台：战国燕昭王所筑之台　三边：泛指北部边疆　危旌：高挂的旌旗　胡月：胡地（塞外）之月　论功：评定功劳　长缨：长绳

凡读过唐诗的人都知道，唐代诗人往往以汉比唐。这当然是因为唐朝国势的强盛堪与汉朝相比，所以唐人有此自信。我们现在品读的《望蓟门》这一首唐诗，作者抒发的就是他希望效法两位汉代英雄而建功立业的豪情壮志。

作者的这种豪情壮志，在诗中全从第一句末尾的“惊”字而来。这个“惊”字，说的并不是作者身为书生，从未到过边塞，所以“燕台一望”，便吃了一“惊”。从诗的下文来看，作者之“惊”，应为“惊叹”。那么，他惊叹什么呢？

首先，作者惊叹威武雄壮的唐军阵营，也就是诗的第二句所描绘的“笳鼓喧喧汉将营”。“笳鼓喧喧”当然是威武雄壮，但“汉将营”就不只是眼前的威武雄壮了，而是还使人联想到当年叱咤风云的名将李广、卫青、霍去病等，以及在他们的带领下横扫漠北、所向披靡的汉军。这种联想，把汉、唐两个强盛王朝联系起来了，令人相信唐军也必然战无不胜。那么，身处大唐时代，面对如此强盛的军旅，有志之士，包括书生，当有何意向？我们看到，此诗在这里已经埋下了伏笔，已经预示了作者最终要说的话。

其次，作者惊叹气象森严的大唐边塞，也就是诗的中间两联所描绘的那“寒光”下的茫茫“积雪”，“曙色”中的猎猎“危旌”，以及因“烽火”而黯淡的“胡月”，傍“云山”而屹立的“蓟城”。从这些描绘中，我们看到的不仅是边塞的景观，而且是国家的实力。森严的气象所显示的，实际上是森严的边防。这森严的边防，当然又给予作者以强烈的心灵震撼。于是，虽为书生，但为有志之士的作者，进一步坚定了自己有所作为的意志。那么他到底意欲何为呢？且看此诗的结尾一联：

“少小虽非投笔吏，论功还欲请长缨！”

这就是作者最终要说的话，也是作者登燕台，望蓟门，惊叹威武雄壮的唐军阵营，惊叹气象森严的大唐边塞，最终迸发出来的强烈心声。他说的是：虽然我年轻的时候没有像班超那样投笔从戎，但是为了建功立业，我现在还是要像终军那样请缨。

班超和终军都是汉代书生出身的英雄人物。班超在东汉明帝时曾充当抄写文书的小吏，一日投笔而叹：大丈夫要到境外去立功，岂能老是跟笔砚打交道！后来，他果然从军杀敌，并且以大智大勇平定西域五十余国，功盖当世，名垂千古。成语“投笔从戎”即从此出。终军则是西汉武帝时的一位青年外交家，出身文人，而有胆有识。当时南越国以地方割据政权对抗朝廷，武帝欲遣使召降之。在明知出使风险极大的情况下，终军挺身而出，向武帝表示：请赐给我长缨，我一定把南越王绑来朝见！终军的勇气深受武帝嘉许，后来他果然说服南越王归顺朝廷。这便是后世“请缨”一说的由来。

从上述典故可知，班超和终军这两位以书生而立边功的汉代英雄人物，确实不同凡响。到唐代，尤其是盛唐时期，书生以从军、立边功谋求发展，一时蔚为风气。这也是唐诗中出现不少“边塞诗”的原因。我们现在品读的这首《望蓟门》，就是一首“边塞诗”。其作者仰慕汉代的班超、终军，有志于投笔从戎，请缨缚敌，这完全符合当时的历史背景。而洋溢于此诗全篇的慷慨、豪迈之情，正折射了当时的盛唐气象。

走马川行奉送封大夫出师西征

岑　参

君不见走马川行雪海边，平沙莽莽黄入天。轮台九月风夜吼，一川碎石大如斗，随风满地石乱走。匈奴草黄马正肥，金山西见烟尘飞，汉家大将西出师。将军金甲夜不脱，半夜军行戈相拨，风头如刀面如割。马毛带雪汗气蒸，五花连钱旋作冰，幕中草檄砚冰凝。虏骑闻之应胆慑，料知短兵不敢接，车师西门伫献捷。

注释

走马川：新疆古荒漠名　　行：此诗标题中的“行”指一种章句比较自由的古诗体（歌行体），而第一句中的“行”是传抄衍生字（句中多余）。　雪海：新疆古湖泊名　　封大夫：唐天宝年间御史大夫兼安西节度使封常清　　轮台：新疆古地名，在今米泉市境。金山：阿尔泰山　　五花、连钱：马的皮色，代指马。　旋：立即　　车师：新疆古城郭国名，在今吐鲁番地区，唐时为安西都护府府治。　伫：站立（此处指等待）献捷：向朝廷报捷（此处指凯旋）

这首诗是唐诗名作。其作者岑参（cén shēn），是与李白、杜甫、高适交游的大诗人，尤以边塞诗著名。他有志于立功边塞，天宝年间曾两度赴西域从军。我们现在品读的这首诗，是他第二次赴西域，在安西节度使封常清帐下任判官时所作。封常清是当时名将，以平定大勃律国之功，升御史大夫，故岑参对他有“封大夫”之称。岑参作此诗，是为又一次出师西征的封常清送行。

诗是从“走马川”写起的。按其所写，这个“走马川”的“川”，显然不是“河川”，而是“平川”，实际上就是我们现在称之为“戈壁滩”的新疆荒漠地带。到过新疆的人都会认可，这种“戈壁滩”的景象，正是岑参这首诗中所描

绘的："平沙莽莽黄入天"，"一川碎石大如斗，随风满地石乱走"。当年，就是在这荒凉得令人恐怖的名为"走马川"的"戈壁滩"上，"汉家大将西出师"，去迎击来犯的敌人。这位"汉家大将"，就是封常清。至此，我们领会到，作者先写这个惊心动魄的"走马川"，乃是在为封常清的出场作铺垫，就好像戏台上一样，大将出场，先得有一番紧锣密鼓。

接下来当然就要展现封常清的形象了，但是作者并没有用过多的笔墨直接描写封常清。从诗中来看，作者是把"汉家大将西出师"的"出师"写活了，于是这位"汉家大将"的形象也就展现出来了。

首先，是当时当地的自然条件恶劣，出师极其艰苦。由于"金山西见烟尘飞"，军情紧急，部队连夜开拔，赶赴前线。当时是"轮台九月风夜吼"，"风头如刀面如割"。在如此严酷的气候下，夜行军的艰苦可想而知。但是封常清此时正在军中："将军金甲夜不脱"。须知封常清不是一般的"将军"，他官居节度使，并且朝中挂御史大夫衔，在唐代是仅次于丞相的高官（岑参在另一首诗中即称他为"亚相"）。他镇守一方，如有敌人来犯，完全可以命将出征。但他还是亲自带兵出征了，这当然是出于对国家边防的高度责任感。行军途中，狂风又带来大雪，老天似乎刻意要进一步制造行军的困难。但封常清指挥队伍加快速度急行军，以至"马毛带雪汗气蒸，五花连钱旋作冰"。可见当时天气何等严寒，而领军大将封常清又是何等坚定！

然后，是作者坚信敌方可传檄而定，出师胜券在握。中国古代战争，常要发布檄文，以宣示正义，声讨敌人。封常清的出师，是朝廷平定外邦的侵扰，师出有名，堂堂正正，必然要发布檄文。所以还未到达前线，军中先已在临时驻地"幕中草檄"，即在营帐中起草檄文，而执笔者可能就是为封常清送行至此的文职幕僚岑参（他亲见"砚冰凝"）。此后，部队继续西行，奔赴前线，而岑参满怀必胜信心返回车师本营留守。我们看到，他在这首诗的结尾，非常乐观地想象：唐军的檄文发出后，必然是"虏骑闻之应胆慑，料知短兵不敢接"，而他自己的任务就是"车师西门伫献捷"了。他为什么这样乐观？当然是出于对封常清的军事才能的服膺。

领会了此诗对出师的上述描写，封常清那种能征惯战的名将形象确实展现在我们面前。而我们是否还领会到，当时有志于立功边塞的岑参，正是把他的这位上司视为自己的榜样？

水龙吟·登建康赏心亭

辛弃疾

楚天千里清秋，水随天去秋无际。遥岑远目，献愁供恨，玉簪螺髻。落日楼头，断鸿声里，江南游子。把吴钩看了，阑干拍遍，无人会，登临意。

休说鲈鱼堪脍。尽西风，季鹰归未？求田问舍，怕应羞见，刘郎才气。可惜流年，忧愁风雨，树犹如此！倩何人，唤取红巾翠袖，揾英雄泪？

注释

建康：今南京　　赏心亭：在当时建康城头上　　遥岑（cén）：远山　　玉簪螺髻：古时妇女头饰、发型，在此形容远山。　吴钩：古时吴地所产一种弯形刀，代指宝刀。　堪脍（kuài）：值得做肉块（品尝）　　季鹰：西晋张翰，字季鹰，吴人，在京城洛阳做官时，因秋风起而思吴中莼菜羹、鲈鱼脍，于是弃官回家。　求田问舍：即买田置屋，三国时刘备对胸无大志的许汜批评之语。　树犹如此：东晋大将桓温，北伐途中见当年所植之树粗已数围，痛感中原沦陷太久，叹曰：“木犹如此，人何以堪！”意为树都老了，何况人！　倩：请　　红巾翠袖：代指美女　　揾（wèn）：揩拭

辛弃疾为抗金救国从中原投奔南宋后，满腔热情，相继以《美芹十论》上奏孝宗，以《九议》进呈宰相，权衡敌我势态，条陈攻守方略，旨在收复中原。他的建言，虽蒙受嘉许，但实际上未被采纳。其原因，还是隆兴元年北伐失败后，朝廷谨守和议，不敢作为。至淳熙元年，辛弃疾投宋已十二年，当时在建康任江东安抚使参议，曾于秋日登赏心亭，因壮志未酬，慷慨悲歌，而留此名篇。

赏心亭建在建康城头，视野开阔，所以作者登临此亭，顿觉眼前豁然开朗：

"楚天千里清秋，水随天去秋无际。"此时的作者，如果是一般的文人雅士，自然心旷神怡，然后以清词丽句，描写这六朝故都的如画秋光。但是，我们的作者虽然文雅堪称一流，此时却心事重重。在他的"远目"中，本来像女子的"玉簪螺髻"一样秀美的天际"遥岑"，竟然是在向他"献愁供恨"。这是为何呢？原来，他是身在江南胜地，而心念中原故土。他确实愁，愁的是那故土已沦陷金邦多年；他确实恨，恨不得立即大举北伐收复中原！

在这样的心情下，"楚天千里清秋"，就不过是"水随天去秋无际"而已，别无什么风光了。剩下来的只是作者自己，也就是"落日楼头，断鸿声里"一个来自中原的"江南游子"。我们注意到，此时的作者，虽然身份尚为幕僚，毕竟也是朝廷命官，但是他却把自己看成犹如"断鸿"的"游子"，足见他是深感不得志的。而他这种不得志，并非不得其升官发财之志，而是不得其抗金报国之志。对此，他身边的那些官场中人，有谁能理解呢？他太苦闷了，却又无从排解。"把吴钩看了，阑干拍遍，无人会，登临意。"就是说：此时的他，把宝刀抽出来看了又看，空叹英雄无用武之地。因为激动，他在亭子内绕行，不停地拍打阑干。这种情景，让我们不由得想起岳飞《满江红》词中的"壮怀激烈"，张孝祥《六州歌头》词中的"忠愤气填膺"。是的，辛弃疾本来就是和岳飞、张孝祥一样的爱国志士。但是此时此地，没有人领会他的这种"壮怀"和"忠愤"。旁人不知道他是怀着怎样的心情到此登临的，更不知道他登临后又在想什么。

在中国古代，志士而不得其志，通常会想到归隐，辛弃疾也不例外。"休说鲈鱼堪脍。尽西风，季鹰归未？"这里，他用了西晋张翰的典故：此人在秋风起时，想吃故乡的鲈鱼，就辞官归去了。辛弃疾用此典，表面上似乎是在自责：别再说故乡的鲈鱼好吃了，现在遍地秋风，可我这个"季鹰"归去了吗？这显然透出作者进退两难的内心矛盾。而最终，他还是表示："求田问舍，怕应羞见，刘郎才气。"这意思就清楚了：在目下国家多事之秋，我如果学那三国时的许汜，回乡去买田置屋，过自己的小日子，又如何比得上刘备那样的英雄气概？写到这里，作者的情绪从低落开始回升，其关注又转向时局："可惜流年，忧愁风雨，树犹如此！"这又是一个典故：东晋大将桓温在北伐途中，见到自己从前所种的树木已经粗达数围，从而发出"木犹如此，人何以堪"的著名慨叹。作者是借前人的这一慨叹，来表达自己对于北伐无期、志士垂老的忧心。

男儿有泪不轻弹。但此时，作者还是潸然泪下了。至于"倩何人，唤取红巾翠袖，揾英雄泪？"这只是所谓"英雄美人"之常言而已。中原未复，壮志未酬，即使有"红巾翠袖"，又岂能擦干英雄泪？

沁园春·梦孚若

刘克庄

何处相逢？登宝钗楼，访铜雀台。唤厨人斫就，东溟鲸脍；圉人呈罢，西极龙媒。天下英雄，使君与操，余子谁堪共酒杯！车千辆，载燕南赵北，剑客奇才。

酒酣鼻息如雷。谁信被晨鸡催唤回！叹年光过尽，功名未立；书生老矣，机会方来。使李将军，遇高皇帝，万户侯何足道哉！披衣起，但凄凉感旧，慷慨生哀。

注释

孚若：作者友人方信孺（字孚若）　宝钗楼：故址在今陕西省咸阳市　铜雀台：故址在今河北省临漳县　斫（zhuó）：砍　东溟：东海　鲸脍：鲸鱼肉块　圉（yǔ）人：养马人　西极：西方（产骏马之地）　龙媒：骏马名　使君：曹操对刘备尊称　操（cào），曹操自称　燕南赵北：指今河北山西北部（古时多出豪侠之士）　李将军：指西汉名将李广　高皇帝：指汉高祖

这首词写的是作者在梦中与一个亡友的重逢。为了理解作者所构思的梦境和他梦醒之后的感慨，我们有必要首先了解作者和亡友的大概身世，以及此词的写作背景。

先说作者刘克庄。读过宋词的人都知道，他是南宋后期著名的豪放派词人，也是一位爱国志士。他的仕途极其坎坷，三次罢官，直到六十岁以后才在朝廷稳定任职，八十一岁官至大学士，次年去世。

再说作者的友人方信孺（字孚若）。他更是一个奇才、豪士。宁宗“开禧北伐”失败后，南宋势危，方信孺连续三次出使金邦，大义凛然，不辱使命。后

来竟遭陷害去职，四十五岁时英年早逝。

友人比作者大十岁。友人去世时，作者才三十五岁。此时作者确实“功名未立”，但还谈不上“年光过尽”。而从“书生老矣，机会方来”，则可以推测作者写此词，应该是他六十岁以后在朝为官，虽官阶不高但逐渐升迁之时。此时他因垂老而更加思念友人，并惋惜友人的早逝。正是在这样的心境下，他与友人梦中重逢了。

梦中重逢是可能的，但作者在词中所描绘的梦境，则显然是按二人共同的宏大抱负，充分发挥艺术想象力而精心设计出来的。这个神奇而悲壮的梦境，自始至终透露着作者的心声：

我们这是在“何处相逢”？怎么会“登宝钗楼，访铜雀台”？这两处古迹，不是都在中原地区吗？可是中原早已沦陷于金邦了。我们到这里来，岂不徒生伤感？哦，朋友，我明白了，你把我引到这里来，是念念不忘中原，死不瞑目啊！好，既然来到此，我们且“唤厨人斫就，东溟鲸脍”，痛饮一番，借酒浇愁吧！可是这酒，没把我们的愁浇下去，反倒燃起了我们的满腔怒火，真恨不得此刻就把这金邦踏平了！对，快命“圉人呈罢，西极龙媒”，跨上这宝马去出征，去踏平金邦！谁敢怀疑我们二人的文韬武略？知道我们是什么人吗？我们是当世英雄！知道三国的曹操和刘备吗？我们也差不多！当年曹操邀刘备煮酒论英雄，睥睨一世。如今我们也敢像他一样说：“天下英雄，使君与操，余子谁堪共酒杯！”看见了没有？由于我们的到来，中原豪杰已经云集于此了。“车千辆，载燕南赵北，剑客奇才。”多么雄伟壮观、激动人心！可以举事了，收复中原有望了！

可惜，梦毕竟是梦，梦总有醒的时候。醒来之后，友人何在？众豪杰何在？孤零零的自己，垂垂老矣，事业功名又何在？生不逢时啊！“使李将军，遇高皇帝，万户侯何足道哉！”我们不就是未能得遇“高皇帝”的“李将军”吗？如今，我总算还活着，还有最后的希望，而朋友你呢？你走得太早了！

“但凄凉感旧，慷慨生哀。”

赠剑侯（其一）

刘大白

非缘采药到蓬瀛，聊学乘桴海外行。大陆龙蛇终起蛰，中原狐鼠任偷生。弓藏且喜身将隐，剑在何愁气不平！当世人才天下事，相期慷慨一纵横。

注释

剑侯：沈定一，字剑侯，作者友人。 采药：史载秦始皇时有方士徐福，称东渡海外，赴蓬莱、方丈、瀛洲三仙山，可采长生不老之药。 蓬瀛：蓬莱、瀛洲，此处指日本。 乘桴（fú）：桴即筏子。孔子有“道不行，乘桴浮于海”之语。 大陆：指中国 龙蛇：指革命志士 起蛰（zhé）：结束蛰伏而奋起 中原：指中国北方 狐鼠：指当时的袁世凯窃国、卖国集团 纵横：纵横捭阖，指大有作为。

刘大白（1880—1932），笔名汉胄，近代著名诗人，爱国人士。他在民国初年亡命日本期间，结识了革命家沈定一（字剑侯），有《赠剑侯》诗四首。我们现在品读的，是其中一首。

这首诗的历史背景，是民国初年的“二次革命”。导致这场革命的直接原因，是窃据民国临时大总统的袁世凯为维护专制独裁，密谋暗杀了即将当选国务总理的国民党人宋教仁。为捍卫民国的《临时约法》，孙中山先生发动南方各省武力讨袁，时称“二次革命”，意为继承辛亥革命，实现民主共和。袁世凯镇压了这场革命后，变本加厉，公然复辟帝制，于是又引发“护国战争”，各省独立。在举国讨伐的声浪中，袁最终身败名裂而亡。

刘大白先生就是在上述“二次革命”期间，以笔杆为投枪，声讨袁世凯专制独裁的民主斗士。我们如果看刘大白先生的遗照，也许会感到他像一个标准的“文弱书生”。可是实际上，他有胆有识，敢作敢为。他是因反袁而被迫亡命

日本的。但他身在日本，又抨击袁与日本签订卖国的“二十一条”，于是再度被迫亡命，远涉南洋。这一段悲壮的历程，显然非“文弱书生”所能为。再看他这一首赠友人的诗篇，书剑交辉，豪气逼人，又岂是“文弱书生”所能作？

全诗四联，层层递进，思如潮涌，读来令人荡气回肠：

“非缘采药到蓬瀛，聊学乘桴海外行。”这一联直译的意思是：如今我东渡日本，可不是学那方士徐福到仙山采药，而是学的孔夫子“乘桴浮于海”。原来，孔夫子曾有“道不行，乘桴浮于海”之言（《论语·公冶长》）。此言之意是：真理在当今如果真是实行不了，我只好乘筏子到海上去漂流了。我们知道，孔夫子是提倡“仁”的。而在当时礼崩乐坏、天下纷争的春秋乱世，无“仁”可言，所以他老人家才出此愤激之言。明白了这个典故，我们也就理解了刘大白先生为什么要“聊学乘桴海上行”：他所拥护的民主共和在袁世凯的统治下实现不了，即“道不行”，所以他要学孔夫子“乘桴浮于海”。诗是这样写，实际上他东渡日本只是避难，而对国事仍然充满信心。

“大陆龙蛇终起蛰，中原狐鼠任偷生。”这就是信心的宣示！既然冬天来了，那么春天也就不远了。蛰伏的“龙蛇”最终是要奋起的。眼下就让那些“狐鼠”暂时“偷生”吧，它们长不了。历史完全证实了这一信心的正确。曾几何时，袁世凯不就垮台了吗？

“弓藏且喜身将隐，剑在何愁气不平！”此联的意思很明确：韬光养晦，待时而动。这显示了作者强烈的自信。同时我们也看到，对于袁世凯的倒行逆施，作者毕竟是“气不平”的。这就决定了他虽然“身将隐”，但是“终起蛰”，而他后来的作为正是如此。

“当世人才天下事，相期慷慨一纵横。”这是作者与友人共勉的豪言壮语，所表达的则是对自己和友人的期许：我们都是“当世人才”，应该以天下为己任，为“天下事”献身。想当年战国时代，苏秦、张仪纵横捭阖，左右天下大局，是何等气概！但他们毕竟还只是古代英雄，只是为帝王效力。而我们是新时代的有志之士，是为民主共和而奋斗的“当世人才”。所以我们更要“慷慨”奋起，一展宏图，以不同于古代英雄的全新姿态，“纵横”天下，建功立业，不负今生。如此期许，正体现了那个时代中国志士仁人的胸襟。诗读到此，我们不由得对他们肃然起敬。

風雅情

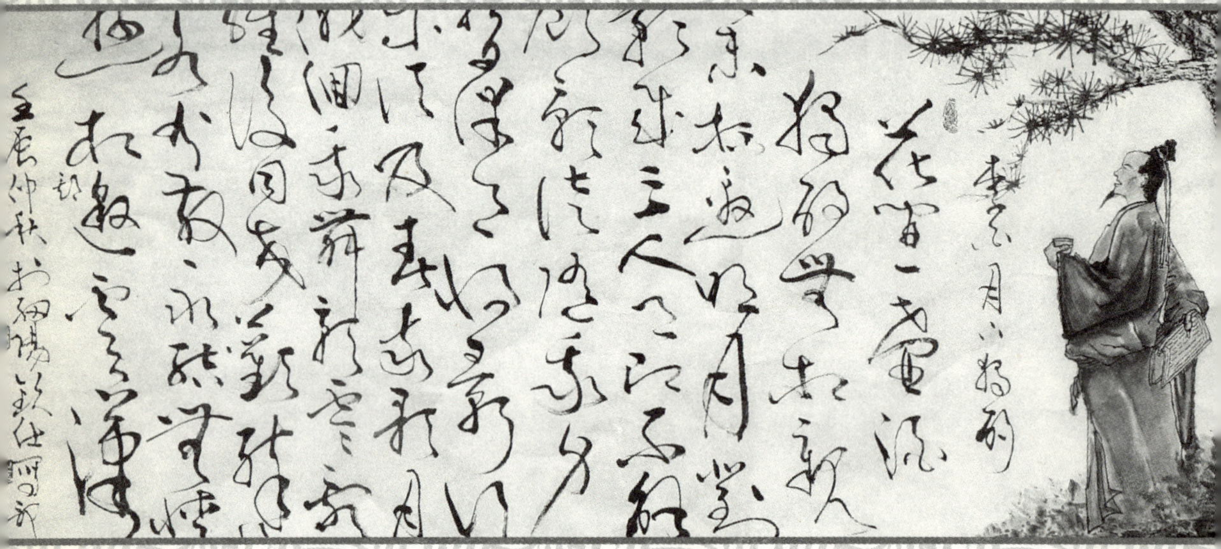

“风雅”一词，源于《诗经》三个组成部分中文学性较强的“风”和“雅”（另一个组成部分是“颂”）。后来人们以“风雅”代指文学，久之又把“风雅”理解为文人的风流儒雅。而中国历来的诗歌，确有不少作品体现出文人风流儒雅的审美和创作情趣，这便形成中国古典诗歌的“风雅情”。

中国古典诗歌中体现“风雅情”比较典型的作品，大概有如下一些题材：

咏志。“志”的概念不仅指志向，还指意志、信念等。中国文人崇尚志存高远，故常以诗歌咏其志。早在《诗经》中，就有咏志之佳作名句，如《柏舟》：“我心匪（非）石，不可转也。我心匪（非）席，不可卷也。威仪棣棣，不可选（退让）也。”咏志诗除直接咏志，还有借咏物、咏史等题材而咏志的，如王冕咏墨梅：“不要人夸颜色好，只留清气满乾坤。”其淡泊之志可见矣。

感怀。中国文人历来多愁善感，所以古典诗歌中尤多感怀之作。“庭树不知人去尽，春来还发旧时花”，这是有感于世事沧桑；“春风又绿江南岸，明月何时照我还”，这是有感于官场羁绊；“梧桐更兼细雨，到黄昏，点点滴滴”，这是有感于晚景凄凉；等等，不胜枚举。

寄兴。这里所谓“兴”，就是人们通常所说的“雅兴”。中国古代诗人常因生活中某些事物、情景而产生“雅兴”，于是寄托于吟咏：“停车坐爱枫林晚，霜叶红于二月花”，“姑苏城外寒山寺，夜半钟声到客船”，“今宵酒醒何处？杨柳岸晓风残月”……都是寄兴之作。

言情。中国古代虽然少有自由恋爱，但是男女之间的爱情还是存在的，因此言情的诗歌作品也是必然会有的。这些作品或许不像西方的爱情诗那样直白、热烈，然而其含蓄、婉转的风格也别具艺术魅力。“春心莫共花争发，一寸相思一寸灰”，“记得绿罗裙，处处怜芳草”，“两情若是久长时，又岂在朝朝暮暮？”这样含蓄、婉转的言情之作，是不是更加优美、更加意味深长呢？

中国古典诗歌中体现“风雅情”的题材，当然还有。另外，这些题材在具体作品中，可能单一，也可能复合，我们读来便知。

关 雎

《诗经·周南》

关关雎鸠，在河之洲。窈窕淑女，君子好逑。
参差荇菜，左右流之。窈窕淑女，寤寐求之。
求之不得，寤寐思服。悠哉悠哉，辗转反侧。
参差荇菜，左右采之。窈窕淑女，琴瑟友之。
参差荇菜，左右芼之。窈窕淑女，钟鼓乐之。

注释

关关：鸟鸣声　雎（jū）鸠：一种水鸟　窈窕：纯洁秀美　淑女：贤淑女子　君子：此处指有修养的贵族青年　逑（qiú）：配偶　参差（cēncī）：不齐　荇（xìng）菜：一种水生植物（叶可食）　流：此处指采摘　寤寐（wùmèi）：睡醒和睡着（日夜）　思服：思念　悠：（思念）深长　辗转反侧：（在床上）翻来覆去　琴瑟：古代的两种弹拨乐器（后来喻夫妻）　友：亲爱　芼（máo）：选择　乐：（使之）快乐

《关雎》是《诗经》的第一篇，也是国人千古传诵的名篇。那么，这首诗究竟好在哪里呢？

让我们引述孔子对这首诗的经典评价：“《关雎》，乐而不淫，哀而不伤。”（《论语·八佾》）孔子此言的意思，用现在的话来说就是：《关雎》这首诗，浪漫而不过度，忧愁而不痛苦。这样的诗情，正是一种“风雅情”，即国人所崇尚的风流儒雅之情。而《关雎》这首诗，好就好在这种“风雅情”。

先看这首诗的“乐而不淫”，即浪漫而不过度。

这首诗的浪漫，始于托物起兴，也就是以雎鸠求偶的鸣叫声，引出“君子”对“淑女”的爱慕。那是一幅美妙动人的画面：在春天的河边，求偶的雎鸠

“关关”地鸣叫着，一个美丽贤淑的少女在河边采摘荇菜。而不远处，一个仪表堂堂的贵族青年正在深情地注视着她。这青年默默无言，但内心中却反复赞叹着：多美好的配偶啊！

既然是美好的配偶，那就去追求她吧。但是从诗中看，青年并没有贸然前去和她交言，而是始终与她保持着距离。这显然是因为素不相识，唯恐有轻佻之嫌。如此一见钟情而又庄重、自持，不正是所谓“乐而不淫”，即浪漫而不过度吗？

再看这首诗的“哀而不伤”，即忧愁而不痛苦。

很可能因为未曾交言，短暂的惊鸿一瞥没有留下任何可供联系的信息。等到那位少女离开后，青年也只能怅然而归，但归来后心情还是久久不能平静。在河边摘荇菜的那位少女的形象，不时浮现于他的脑海。从白天到黑夜，他都在想着她，想着如何才能求得她，以至于整夜在床上翻来覆去睡不着。

青年虽因所思念的少女“求之不得”而无限忧愁，但他并没有陷入痛苦。他在忧愁之余，仍然沉浸于美好的想象，想象着一旦求得她，一定要与她琴瑟和谐，相亲相爱，一定要为她纵钟鸣鼓，其乐融融。这不正是所谓“哀而不伤”，即忧愁而不痛苦吗？

中国表达男女之情的诗歌，三千年前就达到这样“乐而不淫，哀而不伤”的境界，这不能不令人叹服国人天赋的“风雅情”，即风流儒雅的诗情。这种诗情，体现了中国文化对于文人气质、文学风格的独特审美观，是值得我们认真品味的。

橘　颂（节选）

屈　原

后皇嘉树，橘徕服兮。受命不迁，生南国兮。深固难徙，更壹志兮。绿叶素荣，纷其可喜兮。

注释

后：后土（古时对地的尊称）　皇：皇天（古时对天的尊称）　嘉：美好的　徕：同“来”　服：适应（“服水土”）　受命：从天命　不迁：不可移（植）　南国：此处指楚地　深固：根深蒂固　徙（xǐ）：迁移　更：而且　壹志：意志专一　素荣：白花　纷：繁茂

屈原的这首《橘颂》，是中国古典诗歌中咏物诗的发端之作。中国的咏物诗，多是文人借咏物来表达思想感情，艺术上则讲究所表达的思想感情要紧扣所咏之物的特征、性质，以求贴切、自然。而《橘颂》这首咏物诗的前四句，正是这种贴切、自然的典范。这四句文辞优美，并且作者颂橘的寓意已充分体现于其中。所以，我们就先节选这四句来品读，从中可得全篇之要领。

为了便于理解，我们且以现代汉语对这四句意译如下：

美好的橘树啊，天生地长，服水土来到这里，

你唯天命是从，不弃不离，扎根在南国大地，

今已根深蒂固，难以动摇，何况你意志专一，

看你绿叶白花，生意盎然，是多么繁茂可喜！

经过这样意译之后，我们就很容易看出，屈原颂橘，主要是颂其“受命不迁”的品质，而作为咏物诗的借题发挥，一语双关，实则表达自己“受命不迁”的意志。

首先，橘之“受命不迁”，其说有据。古人曾有一段关于橘树的名言：“橘生淮南则为橘，生于淮北则为枳（zhǐ），叶徒相似，其实味不同。所以然者何？

水土异也。”（《晏子春秋》）此言指出了因水土所决定，橘树只能生于淮南，而淮北那种枝叶相似的树，并非橘，乃是果实酸苦的枳。既然橘树只能生于淮南，而淮南属于楚地，这就巧妙地联系上了屈原自己，从而他的颂橘也就自然地过渡到了咏志，即咏其“受命不迁”之志。

然后，我们再看屈原的“受命不迁”。我们知道，屈原本是一位难得的政治和外交人才，但是他在楚国朝廷却受到排挤。而当时是战国时代，列国纷争，人才流动，英雄大有用武之地。以屈原的才能，他完全可以像苏秦、张仪那样到别国去建功立业。但是他没有这样做，甚至没有这种想法。为什么？因为他念念不忘自己是楚国人，认为自己只能效忠楚国。尽管一时事与愿违，但他决不会忘记根本，见异思迁。在他看来，自己扎根楚国，乃是天命注定，必须“受命不迁”，就像橘树“受命不迁”，扎根淮南一样。后来的历史证明，他的这一意志确实是坚持到底的。他最终在放逐中投汨罗江而死，死也是死在楚国，留下的诗篇也是楚辞。正因为这种“受命不迁”的高风亮节，他成为名垂后世的爱国诗人。

两千多年过去了。南国的橘树，依然像诗人当年描绘的那样，长着绿叶，开着白花。让我们摘下几片绿叶，几朵白花，洒向静静流淌的汨罗江水，献给远去的诗人，表达我们对他的深沉纪念。

啄木诗

左　芬

南山有鸟，自名啄木。饥则啄树，暮则巢宿。无干于人，唯志所欲。性清者荣，性浊者辱。

注释

啄木：一种啄木食虫的益鸟　　干：求　　唯志所欲：随心所欲　　性：品性

此诗有不同的版本，以上所录系据清代沈德潜《古诗源》。

作者左芬是中国古代著名的才女，西晋文学家左思之妹，晋武帝嫔妃。她诗文兼长，《啄木诗》是其代表作之一。

晋武帝本是荒淫无道之君。他纳左芬，是闻左芬之才名，附庸风雅。左芬入宫后，却因“姿陋体羸”，不受恩宠，而“常居薄室”，偶尔“应诏”为文，也不过替皇家装点门面。如此寂寞、空虚的宫中生涯，无异樊笼。不数年，一代才女竟郁郁而终。

左芬的这首《啄木诗》，与我们已品读的屈原的《橘颂》，是很相似的：都是咏物诗，都是借赞颂所咏之物的一种品质，实际上双关地赞颂为人的一种品质。我们知道，屈原的《橘颂》赞颂的是“受命不迁”。那么，左芬的《啄木诗》又是赞颂的什么呢？

我们来看这首诗。

前两句“南山有鸟，自名啄木”，这看似寻常的交代，其实已经透露出作者的情感。试想：此鸟名“啄木”，当然是世人名之。禽鸟无知，何以“自名”？显然，这是作者在刻意渲染啄木鸟的自生自长，与世无涉。而其中的寓意，已经耐人寻味。接下来的两句，“饥则啄树，暮则巢宿”，又以啄木鸟的习性，进一步强调了此鸟的自生自长，与世无涉。到此，作者对为人在世不受羁绊的向往，已经是明显可见了。但是，作者意犹未尽，还要继续深化主题。

“无干于人，唯志所欲”，这才是作者更想说出的话。是的，自生自长，与世无涉，意味着不受羁绊，这是值得向往的。但是，其精神内含，毕竟还失于空泛。事实上，一个人即使能够不受羁绊地生活，也不足以体现其具有独立人格。须知人生在世，要真正体现其独立人格，必须不为私利而有求于人，也就是此诗中所谓“无干于人”。只有“无干于人”，即无求于人，才有可能“唯志所欲”，即随心所欲。

应该说明的是，这种“唯志所欲”，即随心所欲，是孔子所说的“从心所欲不逾矩”，即现代所谓“自由王国”，而不是随心所欲地胡作非为。这里，我们不要忘记了，此诗是以咏啄木鸟而引申出“无干于人，唯志所欲”的。众所周知，啄木鸟是益鸟。它出于本性，“唯志所欲”即随心所欲地啄木食虫。它丝毫没有胡作非为。

已经很清楚了，左芬的《啄木诗》所赞颂的，就是“无干于人”，也就是不为私利而低三下四，有求于人。这与屈原的《橘颂》所赞颂的“受命不迁”，也就是不为私利而忘却根本，见异思迁，显然都是为人的高尚品质，值得敬仰和推崇。

非常难能可贵的是，左芬这首短短的咏物诗，在主题的表达已经足够明确之后，还以两句极富哲理的结语，进一步升华了主题：“性清者荣，性浊者辱”。意思就是：品性清纯的人，不为私利而求人，故自有尊荣；品性污浊的人，常为私利而求人，故难免耻辱。生活中不正是这样吗？年纪轻轻的左芬，竟能有如此深刻的人生体验，竟能道出许多人到老都不曾悟出的这一人生哲理，真是太聪慧了！

夏日南亭怀辛大

孟浩然

山光忽西落，池月渐东上。散发乘夕凉，开轩卧闲敞。荷风送香气，竹露滴清响。欲取鸣琴弹，恨无知音赏。感此怀故人，终宵劳梦想。

注释

辛大：作者友人　　山光：山中的阳光　　轩：窗　　闲：清静的　　敞：通透的建筑（指南亭）　　劳：费

夏日纳凉，本是极寻常之事。但被李白赞为“风流天下闻”的大诗人“孟夫子”，其夏日纳凉，雅兴果然不同寻常。这一首《夏日南亭怀辛大》，就是他当时留下的名篇。

作者是一个隐士。此诗头两句中的“山”与“池”二字，就暗示了他隐居在一个有山峦、有池塘的地方。这个地方就是襄阳城外的鹿门山。汉末名士庞德公，当年隐居于此并常与同时名士司马徽、诸葛亮、徐庶等纵论天下事，是作者非常仰慕的前贤。

此诗共十句，而前六句都是写的作者南亭纳凉时的心旷神怡。那么，当时他究竟感受到了怎样的一种情景呢？诗中是这样描绘的：

山峦外，落日收尽了它的余晖。池塘上，一轮明月正悄悄升起。这是鹿门山中的夏夜。月光下，作者沿着小径悄然而至南亭，并打开了亭子的八面轩窗。顿时，凉爽的夜风迎面吹来。作者免冠散发，倚榻而卧，尽情享受这夜风的吹拂。而这夜风，不仅是凉爽，还从池塘那边带来了阵阵荷花的香气，沁人心脾。

也正是在这夜风的吹拂下，亭子旁边的竹丛枝条摇曳，竹叶上的露水滴在亭子的石阶上，发出清脆的声响。这声响，更增添了山中夏夜的幽静。此时此刻，此情此景，寻常人也会心旷神怡，何况善于感受的诗人。

正因为是诗人，所以心旷神怡时必生诗兴，必有诗作。但我们注意到，诗中的作者不只是自己当时心旷神怡，而且还因自己的心旷神怡，更思此情此景能与知友一同感受，以求得文人之间心灵共鸣的那种快意，但遗憾的是此时知友并不在身边。这就是诗中所说的“欲取鸣琴弹，恨无知音赏”。其实，当时作者身边未必有琴，也未必真要弹琴。他是要以弹琴之说，引出一个“知音”的典故：

春秋时期，晋国大夫俞伯牙出使楚国，中秋节抚琴于汉江之滨，当时有樵夫钟子期在侧聆听。伯牙琴声或寄情于高山，子期则赞曰：“善哉，峨峨兮若泰山！”伯牙琴声或寄情于流水，子期则赞曰：“善哉，洋洋兮若江河！”于是伯牙叹服子期为“知音”，相约明年中秋此地再会。届时，伯牙如约至，而不见子期，访于当地人，方知子期已不幸亡故，且临终有嘱将其葬于江滨，以再听伯牙抚琴。伯牙闻此情，悲从中来，于是在子期墓前，重弹旧曲，告慰“知音”，曲终毁琴而去，以示世无“知音”，此生不复操琴。

这个典故千百年来感人至深。孟浩然在其诗中引用这个典故，以寄托自己南亭纳凉时无“知音”相伴的遗憾，这就升华了诗的境界，也就是把个人生活中的赏心乐事，升华到了对“知音”的渴求，对友情的珍重。理解到这一层，我们再读此诗，就会发现此诗的真正主题，其实并非纳凉，而是怀友，写纳凉时的美好情景和感受，最终引出的却是怀友心切：“感此怀故人，终宵劳梦想。”所以，此诗不题为“夏日南亭纳凉”，而题为“夏日南亭怀辛大”，是有道理的。这个“辛大”，对于成就作者的这一风雅名篇，是比那南亭夏夜的“山光”、“池月”、“荷风”、“竹露”更为重要的。

月下独酌

李　白

花间一壶酒，独酌无相亲。举杯邀明月，对影成三人。月既不解饮，影徒随我身。暂伴月将影，行乐须及春。我歌月徘徊，我舞影零乱。醒时同交欢，醉后各分散。永结无情游，相期邈云汉。

注释

不解：不懂得　徒：徒然　将：带着　行乐：享受快乐　及：趁　游：交游
邈（miǎo）：远（隔）　云汉：银河

饮酒赋诗，是中国文人历来的雅兴。诗人李白之善饮，更是名闻古今。在李白的诗中，涉及饮酒的描写比比皆是：有与众友人相聚而饮的，如“金陵子弟来相送，欲行不行各尽觞”；还有与一知交相对而饮的，如“欢言得所憩，美酒聊共挥”；也有一人独饮的，如“感之欲叹息，对酒还自倾”。而我们现在品读的李白这首诗，题为“月下独酌”，可见诗中饮酒者当为作者一人，但在作者笔下又被描写成了“三人”。这是怎么一回事呢？

实际上，此诗一开头就交代了，确实是“独酌”：“花间一壶酒，独酌无相亲。”但是我们要注意到，“独酌”的后面带有“无相亲”三个字。本来，既是“独酌”，当然“无相亲”，所以这三个字似乎是多余的后缀。其实不然。李白这首诗，其创作冲动，情感寄托，正由这“无相亲”而来。其题为“独酌”，却又“成三人”，也由这“无相亲”而来。

所谓“无相亲”，就是没有亲近之人。此时的李白，早已离家在外，又因不受朝廷重用，离开了长安，所以身边既无家人，也无友人，孑然一身，实可谓“无相亲”矣。

孤独，而且是失意时的孤独，情何以堪！我们想象，这一天李白住在馆驿。白天总算过去了，夜幕悄然降临。沉寂的馆驿中，诗人伫立于廊下，茫然无绪，仰天长叹之际，忽见明月升空，清辉泻地，庭院中花影婆娑，夜景宜人。好，不妨就在这花前月下，“独酌”一番，借酒浇愁吧。一杯，又一杯，再来一杯，怎么越浇越愁呢？哦，原来愁的“根”还在，这“根”，就是“无相亲”啊！

诗人毕竟是诗人，诗人的想象力是无与伦比的：不是独自一人，苦“无相亲”吗？好办，我“举杯邀明月”，再“对影”，也就“成三人”了。是的，这“三人”之中，除了我，那两个“人”，一个天上的月亮，一个自己的身影，都是虚的。月亮当然是不会饮酒的，身影也只能徒然随着自己。但是此时此刻，就别较真了。就让我暂时地伴着月亮，带着身影，算是三个朋友，趁此春宵，饮酒作乐吧。你看：当我引吭高歌时，月亮闻声而当空徘徊，不忍西落；当我翩翩起舞时，我的身影立即跟随，却因慌张而动作零乱。醒着的时候，就让我们这样狂欢吧，等到酒醉了，我们三个朋友也就分散了。分散以后，天高地远，我们可还是要互相期望着啊！

这不是什么诗人的想象，是无奈，失意者的无奈！

这不是什么诗人的想象，是辛酸，孤独者的辛酸！

读此诗，解此情，真令人潸然泪下。更可叹的是，此后诗人竟一直在无奈和孤独中四处飘零，最后也是在无奈和孤独中死去。从他，我们又想到屈原，杜甫……难道，这种无奈和孤独，真的是伟大诗人的宿命？

登高

杜甫

风急天高猿啸哀，渚清沙白鸟飞回。无边落木萧萧下，不尽长江滚滚来。万里悲秋常作客，百年多病独登台。艰难苦恨繁霜鬓，潦倒新停浊酒杯。

注释

渚：水中小洲　回：回旋　落木：落叶　作客：羁旅　百年：一生　登台：此指古俗重九登高　苦恨：无奈　繁霜：厚霜（此喻两鬓苍苍）

这是一首“悲秋”之作。我们知道，“悲秋”，历来是中国诗人的一种风雅情（相应的还有“伤春”）。自当年楚国宋玉吟出“悲哉秋之为气也”，后世诗人“悲秋”之作不可胜数。其所悲者，非止秋天的萧瑟气象，更有因之联想到的某种衰落的世事、人生。如：“常恐秋节至，焜黄华叶衰”，“秋风吹不尽，总是玉关情”，“何处秋风至？萧萧送雁群”，“枫叶荻花秋瑟瑟”，“蝉鸣黄叶汉宫秋”……从这些“悲秋”的名句中，我们都可以感受到诗人因秋而生的悲情。杜甫这首“悲秋”的《登高》诗，当然也不例外。

但是，我们如果仔细品味此诗，就会发现其“悲秋”之情有不同寻常之处。这不同寻常之处，在于并非一味悲情，而是亦悲亦壮。

首先，此诗中悲情贯穿始终，是显而易见的。第一联中的“风急天高猿啸哀”，第二联中的“无边落木萧萧下”，已经有声有色地刻画出了一幅荒凉、凄清、萧瑟的深秋图景。到第三联、第四联，更是句句直接抒发诗人自身的悲情了，尤其是接连出现的“悲秋”、“多病”、“艰难”、“潦倒”，充分体现了诗人内心的悲情极其深重，挥之不去。这也难怪：此时的诗人因其好友剑南节度使严

武去世，生活失去依靠，被迫以垂暮之年和贫病之身，举家出川，再度漂泊，期间曾滞留于夔州，当时距其辞世已只有两、三年。他这首重九的《登高》诗，即作于夔州。试想他此时的诗中之情，能不悲吗？

那么，为什么又说此诗的"悲秋"之情，是亦悲亦壮呢？这要从两个方面来品味：

一是从此诗的文辞来品味。我们应该不难看到，此诗的文辞，精华在于中间两联。而正是这两联，每一联的写法都是上联悲，下联壮，即亦悲亦壮。"无边落木萧萧下"，喻深秋之物华凋残，岂不悲乎？然而"不尽长江滚滚来"，示万象之生生不息，又何其壮也！"万里悲秋常作客"，即天涯漂泊，寄人篱下，岂不悲乎？然而"百年多病独登台"，仍自强不息，胸怀天地，又何其壮也！这精华的两联如此亦悲亦壮，就充分表达了诗人的悲壮之情。而这种悲壮之情，在历来的"悲秋"诗中，确实不同寻常。

二是从此诗的背景来品味。杜甫此诗写的是他重九登高的所见所感，所见者为夔门的峡江秋色，所感者为自己的垂老多病，而并无一字言及时局与国运。但是，凡对杜甫及杜诗有所知者，必能从此诗的字里行间强烈感受到时局与国运的深刻背景。这一背景的特征正是亦悲亦壮：一方面，"无边落木萧萧下"——安史之乱兵连祸结，至今未了；一方面，"不尽长江滚滚来"——大唐王朝气数未尽，中兴有望。时局与国运的这种亦悲亦壮的背景特征，显然是诗人登高望远时生发悲壮之情的现实原因。

后世评家称杜甫此诗为"古今七言律第一"（明胡应麟《诗薮》），信哉斯言！其实总体而言，杜甫之七言律，也是古今七言律第一的。

寻隐者不遇

贾　岛

松下问童子，言师采药去。只在此山中，云深不知处。

注释

隐者：古时避世隐居者　　童子：指隐者的家僮　　师：师傅（童子称隐者）

隐者，即隐士，是中国古代社会一种非主流的士人。他们或因愤世，或为待时，隐居山林，淡泊明志。由于他们之中不乏贤才，又由于中国的尚贤传统，所以自古以来隐者多为士大夫所尊崇，也因此在诗歌中出现以寻访隐者为题材的作品。我们现在品读的中唐著名诗人贾岛的这一传世名篇，就属于此类作品。

这首诗的题目是“寻隐者不遇”。既然“不遇”，那还写什么？实际上，古典诗歌中写寻访隐者不遇并且写得很好的，贾岛之前之后都有，我们且看两首。

一首是唐李白的《访戴天山道士不遇》：

犬吠水声中，桃花带雨浓。树深时见鹿，溪午不闻钟。野竹分青霭，飞泉挂碧峰。无人知所往，愁倚两三松。

再一首是宋叶绍翁的《游小园不值》：

应嫌屐齿印苍苔，十扣柴扉九不开。春色满园关不住，一枝红杏出墙来。

这两首诗，都是诗人在寻访隐者不遇的情况下，通过描写主人之清幽、秀美的隐居环境，间接地赞叹主人超凡脱俗的隐者风采。显然，这两首诗都颇具风雅情，堪称佳作。

那么，贾岛的《寻隐者不遇》又如何呢？我们读来的感受是：其风雅情别具一格，耐人寻味。

这首诗写了寻访隐者不遇之后，并没有继而描写主人的隐居环境，而只是记述了主人家的“童子”之所言，其所言也不过是他师傅的大致去向。这样写，确实别具一格，但何以耐人寻味呢？这就要看作者是怎样记述“童子”所言了。

从诗中来看，“童子”所言，是回答作者“松下”之问。“言师采药去”，是先回答了师傅在否。然后，师傅在哪里采药呢？当时“童子”的继续回答应该是：就在这大山里，到底在哪我也不知道。而这回答，在作者的诗中却是：“只在此山中，云深不知处。”显然，这“云深”二字，不可能是“童了”所言，乃是作者对童子所言的诗化。而这诗化的“云深”二字，正是妙笔，此诗的风雅意境全含在这二字之中：

首先，“云深”障目，会引发人们对“此山中”之万千气象的遐想：古木参天，飞瀑泻地，峰回路转，鸟语花香……这一切，当然都是可以描写的，但让人们自己去想象，不是更美妙吗？

同时，“云深”潜形，又会引发人们对“此山中”采药隐者的仰望：他的形象会是怎样？是道服？还是儒冠？是高人？还是长者？他此刻是攀登于岭上，还是跋涉于林间？

然后，“云深”隔世，还会引发人们对避世隐居的神往：堪叹红尘众生，追名逐利，几多烦恼？回头再看这“云深不知处”的山中隐者，修身养性，采药救人，如此生涯，又是何等境界？

寻访隐者，不遇其人，亦不描写其隐居环境，只以“云深”区区二字，便寄托了无尽的风雅情，任凭读者去领略、发挥，所以说这首诗是别具一格，耐人寻味。其传世至今，奥妙正在于此。

无　题

李商隐

相见时难别亦难，东风无力百花残。春蚕到死丝方尽，蜡炬成灰泪始干。晓镜但愁云鬓改，夜吟应觉月光寒。蓬山此去无多路，青鸟殷勤为探看。

注释

云鬓：古时女子鬓髮的美称　　蓬山：传说中的海上仙山　　青鸟：仙家信使

李商隐是晚唐诗人中的佼佼者。他尤为著名的是“无题”诗，包括我们现在品读的明显是写爱情的这一首。

作者以“无题”诗写爱情，倒不一定是因为在当时的古代社会有所顾忌。与他同时的杜牧、温庭筠，爱情诗都写得很坦然，也很出色。据后世学者研究，李商隐的爱情经历似乎比较复杂，甚至颇有难言之隐，所以见于其诗作，只能“无题”，诗意亦往往朦胧、含蓄，不易解读。也有学者认为，李商隐的这些“无题”的爱情诗，好就好在朦胧、含蓄，耐人寻味。

我们现在品读的这一首“无题”诗，确有些朦胧、含蓄，但还是可以看出写的是作者与情人之间的离别和相思。这种爱情中的苦情，被作者以神来之笔描写得淋漓尽致，感人肺腑，从中可以想见作者与其情人相爱之深。至于这个情人是谁，她与作者是在怎样的背景下离别和相思，结局又如何，我们就无从考证了。

诗的第一句“相见时难别亦难”，就是一声沉重的感叹。“相见时难”，说明他们的关系被世网所羁绊，双方都身不由己，见一面困难重重，甚至还有风险。“别亦难”，是说两情缱绻，难舍难分，又因为来日“相见时难”，所以更觉此时此刻的可贵。但是，无论如何，离别是不可避免的，离别的痛苦是必须承受的。没有什么力量能改变这一现实，就好像这眼下的暮春时节，“东风无力百花残”。真该怨这“东风”，早知如此，当初又何必吹放“百花”呢？

离别的痛苦还在心间，无尽的相思又开始了。下一次相见会在何年何月？这爱情难道永远只是相思的煎熬？看来，还真是这样了。但是即便如此，他们也誓言要永远相爱下去，相思下去：“春蚕到死丝方尽，蜡炬成灰泪始干”。此联表明，他们注定是要学这“春蚕”、学这“蜡炬”了。他们的信念，实际上就是两个字：爱与死。这两个字，近代西方人曾视为他们发现的永恒的文学主题，殊不知一千多年前的中国人，就已经以诗的语言更形象地表达出来了。应该说，李商隐的这一名联，已经不仅是他与情人彼此的誓言，而且也是人世间所有在逆境中矢志不渝的情侣共同的心声。正因为有如此的分量和魅力，这一名联千百年来传诵不绝。而且人们都知道，“春蚕到死丝方尽”句中的“丝”，与“思”谐音，一字双关，意味无穷。

诗的第三联，是以女方的口气，来抒发离别后的相思之苦。“晓镜但愁云鬓改”，是女方自叹年华似水，青春难再。“夜吟应觉月光寒”，是女方想象男方愁怀难遣，长夜未眠。这一联因描绘了男女双方的形象，甚至神情，故其所抒发的相思之苦就更为真切、感人，同时也使全诗避免了“纯抒情”可能造成的空泛。结尾一联，则像是男方对女方的心绪和情意的回应，而且是一种浪漫的回应：“蓬山此去无多路，青鸟殷勤为探看”。这意思就是：你身处的蓬莱仙境，我这凡夫俗子是不可能去的，就让你们仙家的信使——青鸟，代我去看望你吧。这种“浪漫”，很可能暗示着女方的特殊身份，所以实际上表达着作者内心的无奈和怅惘，是一种苦涩的“浪漫”。

到此，诗读完了，但我们的心情也许久久不能平静。

虞美人

李 煜

春花秋月何时了？往事知多少！小楼昨夜又东风，故国不堪回首月明中。

雕栏玉砌应犹在，只是朱颜改。问君能有几多愁？恰似一江春水向东流。

注释

故国：指已被灭亡的南唐　　雕栏玉砌：指南唐故宫　　朱颜：指自己昔日风采

这是一个亡国之君付出了江山和生命的代价留下的千古绝唱。

李煜，史称南唐后主。他诗词书画无不精通，风采绝伦，天生是个文人雅士，但是却被命运误作安排而当上了君王，而且是一个乱世中弱国的君王。这就注定了他难逃厄运。他的南唐小朝廷被北宋灭亡后，宋太祖当面奚落他："公非贵相也，乃一翰林学士耳。"也可能正是量就这个文人造不了反，所以宋太祖没有杀他，继位的宋太宗起先也无意杀他。但文人终究是文人。在生死操于他人的险境中，李煜竟然情不自禁，常以填词来表达自己的故国之思，亡国之痛。我们现在品读的这一首《虞美人》词，就是其代表作。这种前朝的挽歌，显然是当朝的忌讳。他终于因此而触怒宋太宗，惨遭残杀。具有讽刺意味的是，百余年后，宋太宗的玄孙宋徽宗，竟和当年的李后主一模一样，也是精于诗词书画的才子，也是亡国之君，而且也是被俘以后受尽屈辱，死于异乡，真是

“报应”。

李煜的词，语言比较直白，这是因为他精神上高度压抑，渴望直抒胸臆。但是难能可贵的是，其直白的语言同时又洗练而深沉，极富艺术感染力。他这首《虞美人》正是如此。

“春花秋月何时了？往事知多少！”这一问一叹，就已经包含着无限的辛酸。本来，“春花秋月”，是良辰美景，赏心乐事，怎么要问“何时了”呢？原来，对于李煜来说，只有以往的“春花秋月”是美好的，是值得留恋的，而现在的“春花秋月”则反倒令他触景生情，徒伤怀抱，所以这“春花秋月”还不如从此“了”了。如果不“了”，他就会永远痛苦地回忆那如烟的往事，而“往事知多少”！

“小楼昨夜又东风，故国不堪回首月明中。”看来，这“春花秋月”还真的不解人意，硬是不“了”。这不是吗？百花盛开的春天又到来了，曾经让李煜陶醉的那含香的东风，昨夜又来吹拂他了。他心绪万端，在小楼上凭栏南望，唯见月明千里，不知故宫何处。想当年，宫中龙楼凤阁，玉树琼枝，朝喧弦管，暮列笙琶，帝王家是何等气象！而今安在哉？真是不堪回首啊！

“雕栏玉砌应犹在，只是朱颜改。”千里之外的故宫，虽然看不见，但是时隔不过数年，想必还在吧。就算是在，又怎么样呢？如今的他，已经不是那里的主人了。眼下的软禁生涯，度日如年，而且吉凶难卜。抚今思昔，唯有以泪洗面，无怪乎数年之间，不觉早生华发，朱颜已改。正如他在另一首词中哀叹的：“一旦归为臣虏，潘腰沈鬓消磨。”是的，江山尚且改了，“朱颜”岂能不“改”？

“问君能有几多愁？恰似一江春水向东流。”这两句，众所周知是传颂千古的名句。可以说，李煜这首《虞美人》词之所以被称为千古绝唱，很大程度上就“绝”在这两句。确实，这首词从一开始就是在写“愁”，写到最后，极需要总括、升华，而这最后两句，显然正是画龙点睛之笔，把“愁”的无穷无尽写活了。当年李白就曾以流水喻“愁”：“抽刀断水水更流，举杯销愁愁更愁。”这两句固然形象而生动，但还是比不上李煜的上述两句之气势。这也难怪：李白的“愁”只是自己不得志，而李煜的“愁”是失了江山，二者当然不可同年而语。“一江春水向东流”，李煜写的是他的“愁”，但他首先写的是他的南唐王朝：那个已灭亡了的王朝，正像“一江春水向东流”，一去不复返了。

八声甘州

柳　永

对潇潇暮雨洒江天，一番洗清秋。渐霜风凄紧，关河冷落，残照当楼。是处红衰翠减，苒苒物华休。惟有长江水，无语东流。

不忍登高临远，望故乡渺邈，归思难收。叹年来踪迹，何事苦淹留？想佳人、妆楼颙望，误几回、天际识归舟？争知我，倚阑干处，正恁凝愁。

注释

苒苒：渐渐　　渺邈（miǎo）：遥远　　淹留：滞留　　颙（yóng）望：凝望　　争：怎　　恁（nèn）：这样

中国古代的士人，常为仕进、交游、迁徙而奔走四方，从而留下大量以羁旅、离别为题材的诗歌作品。我们现在品读的柳永这首《八声甘州》词，就是一篇写羁旅、离别之情的宋词名作。

柳永是一个著名的风流才子。他仕途坎坷，飘零四方，后来以填词为业，与歌伎为侣。但他并非轻薄之徒，风尘中有情有义，以至孤身死后，众歌伎合力葬之，且年年吊之。这首《八声甘州》，是他的代表作之一。近代国学大师王国维在其《人间词话》中，将此词与苏轼的《水调歌头》相提并论，称赞为“伫（zhù）兴之作，格高千古”。“伫兴”就是凝情。柳永此词，正是凝结着他当时悲凉的羁旅情和深挚的离别情。

词的上半阕是写景。而所写之景，是秋天，雨后，黄昏，江头。正因为这几个特征，显然景中已经有情——悲凉的羁旅情：

秋天，对于成功者象征收获的季节，但对于失意者则象征人生的末路。而柳永当时就是一个流落异乡的失意者。他感到这秋天“渐霜风凄紧，关河冷落”，又逢雨后，更是寒冷而萧条。登楼四望，但见“是处红衰翠减，苒苒物华休”，大地已经毫无生气。唯一能带来光辉和温暖的太阳，好像也不愿久留，匆匆西下，只剩下“残照当楼”。此时的词人，心境无限悲凉，面对楼前的一片黄昏，仍想作最后的眺望。但他还能望见什么呢？“惟有长江水，无语东流”。而这东流的长江水，正像他的羁旅生涯中逝去的年华。

词的下半阕是抒情。上半阕的写景，虽然已含有作者悲凉的羁旅情，但是作者由自己又想到“她”，还要一吐衷情——深挚的离别情：已是天涯倦客的词人，此时终于“归思难收”了。回头想一想，“叹年来踪迹，何事苦淹留?”是的，天涯滞留，迟迟不归，还指望什么呢？想到此，作者深感有愧于她。当初为谋那一点功名事业而出门时，尽管她依依惜别，自己还是毅然决然地上路了。此后在家苦苦守候的她，当然是望穿秋水：“想佳人、妆楼颙望，误几回、天际识归舟?”实可叹，来自“天际”的“归舟”，想必是一回又一回地被她误认了。但是此时此刻，她是否想到我也在搂头倚栏，满怀愁绪地遥望着家乡，思念着她呢？这就是相思啊！

确实，这是一篇凝情之作，感人之作，不愧为名家之作。

水调歌头

丙辰中秋，欢饮达旦，大醉，作此篇，兼怀子由。

苏　轼

明月几时有？把酒问青天。不知天上宫阙，今夕是何年？我欲乘风归去，又恐琼楼玉宇，高处不胜寒。起舞弄清影，何似在人间！

转朱阁，低绮户，照无眠。不应有恨，何事长向别时圆？人有悲欢离合，月有阴晴圆缺，此事古难全。但愿人长久，千里共婵娟。

注释

琼楼玉宇：白玉砌筑的楼宇（“天上宫阙”）　不胜：不能经受　弄：玩赏　朱阁：朱漆之阁　绮户：彩饰之窗　无眠：不眠（者）　婵娟：比喻月光

就诗歌成就而言，苏轼在宋，相当于李白在唐。而且，苏轼诗歌浪漫、豪放的风格，也颇与李白诗歌相似。这一首苏词代表作《水调歌头》，便明显有李白的影子：对月，把酒，发问，起舞，弄影……

这首词是苏轼外放后，辗转调任密州时所作。外放的原因，则是他反对当时王安石倡导、宋神宗支持的变法。但是，就像当年李白被逐出朝廷以后，仍然“长相思，在长安”一样，此时的苏轼，尽管人已外放，心还是念念不忘朝廷，乃至中秋之夜月下饮酒时，借题发挥，留下这一千古绝唱。

中秋吟咏，当然以明月起兴。“明月几时有？把酒问青天。”这开头一句，显然是化用李白《把酒问月》诗的“青天有月来几时？”但是，苏轼并没有像李白在诗中那样围绕月亮继续发挥，而是延伸“青天”的意境，把笔触立即指向自己的核心关注：“天上”。

“不知天上宫阙，今夕是何年？”这里所谓“天上”，表面上是说仙境，实际上是指朝廷。在中国传统文化中，尤其是诗词中，常以“天”、“天上”代指皇帝、朝廷，如“一封朝奏九重天”，“天意从来高难问”，“此曲只应天上有”，等等。至于问“天上宫阙，今夕是何年”，当然就是关注朝廷现在的动向。他这种关注，完全是从国家命运出发的。他反对变法，也只是因为政见不同，认为新法弊端更多。但无论如何，他现在已不在朝中，无能为力了。

“我欲乘风归去”，这便是作者此时真实的心情，即非常渴望回到朝廷。这种心情是完全可以理解的：一个有国家责任感的朝廷官员，要他在国家大政更张、大局未定之际，远离朝廷，无所作为，他该是何等焦虑！他一定会设想已出现严重问题，亟待自己这样的官员回去解决。但是，他毕竟是从朝廷走出来的，那里的情况他十分了解。自己即便回到朝中，能得到皇帝的信任吗？能被掌权的大臣容纳吗？再说，自己本来就势单力薄，真能力挽狂澜吗？想到这些，他不寒而栗。所以，他刚有一腔热情：“我欲乘风归去”，立即便生寒意：“又恐琼楼玉宇，高处不胜寒”。看来，这“高处”之“寒”，他是早已领教过了，所以人还没有“归去”，就已经“不胜”其“寒”。我们知道，这“高处不胜寒”，后来已成警世之言，尤其官场中人，对此言最能心领神会。

综上所述，“不知天上宫阙，今夕是何年？我欲乘风归去，又恐琼楼玉宇，高处不胜寒。”这几句，既表达了作品的中心思想，文辞又极富想象力和艺术性，可以说是苏轼此词的精华所在。

词的下半阕，正如作者在词前小序中所说，是“兼怀子由”。子由即苏辙，作者之弟，亦为著名文学家，当时在济南任职。兄弟近在咫尺，而不能见面。作者思弟心切，故词中寄语，满怀深情：“人有悲欢离合，月有阴晴圆缺，此事古难全。但愿人长久，千里共婵娟。”这几句，平易而感人，也是苏轼此词中的传世名句。

深挚的忧国之心和思亲之情，脍炙人口的奇文妙句，铸就了这一宋词名篇的经典价值。无怪乎评家称：“中秋词自东坡《水调歌头》一出，余词尽废。”（南宋胡仔《苕溪渔隐丛话》）

声声慢

李清照

寻寻觅觅，冷冷清清，凄凄惨惨戚戚。乍暖还寒时候，最难将息。三杯两盏淡酒，怎敌他晚来风急？雁过也，正伤心，却是旧时相识。

满地黄花堆积。憔悴损，如今有谁堪摘？守着窗儿，独自怎生得黑？梧桐更兼细雨，到黄昏，点点滴滴。者次第，怎一个愁字了得？

注释

乍：忽然　将息：养息　怎生：怎么　者：这　次第：种种情形

李清照是众所周知的“千古第一才女”，宋词名家。这首《声声慢》词，是其孤寂晚年的生动写照，也是其代表作之一，文情并茂，后世评价甚高。

李清照的一生，经历了国与家的双重变故。首先，是“靖康之难”，北宋灭亡，她和为官的丈夫仓惶南渡，青年时代的美满生活从此终结。不久，在南宋继续任职的丈夫又过早地故去，于是剩下她孑然一身，无依无靠，后来在漂泊中度过晚年。她一生的不幸遭遇，给她带来深深的痛苦，却又成就了她的文学创作。可以说，像其《声声慢》这样的情感力作，没有她特定的人生经历，是不可能写成的。

这首词写的是她晚年一个秋天的黄昏。此时的她已是孤身一人，流寓他乡。

坎坷的身世，凄凉的晚景，决定了她此时哀愁的心境。这心境，又无人可以诉说。万般无奈，她只得在庭前茫然地“寻寻觅觅”。但这秋天黄昏的庭院里，能“寻”到什么、“觅”到什么呢？不过是“冷冷清清”而已。并且这庭院的“冷冷清清”，又与她晚景的“冷冷清清”联系起来，然后化为她心中的“凄凄惨惨戚戚”之情。这样，本来就哀愁的心境，不仅没有能够在“寻寻觅觅”中得到排遣，反而更加沉重了。

于是她无奈地回到房间，临窗而坐。可是刚坐下片刻，便觉窗前寒风阵阵。这“乍暖还寒时候，最难将息。”她本来体弱，不能受寒，于是取酒独酌，意欲以酒取暖，也以酒浇愁。但是“三杯两盏淡酒，怎敌他晚来风急？”而偏在她身未暖，愁难浇之际，又闻长空一声雁叫。“雁过也，正伤心，却是旧时相识。”何以伤心？她垂老无家，与这雁儿一样，天涯飘零，当然伤心。何以相识？她孤身残年，别无眷顾，年年守望这雁儿春去秋来，岂不相识？

她仍然呆坐在窗前，此时风越刮越紧。她本当关窗、掩帘，但又苦于室内的孤寂，总还想望见窗外的什么。她果然望见什么了：原来是风前残菊零落。“满地黄花堆积。憔悴损，如今有谁堪摘？”是的，久伴“憔悴”之人，这花也“憔悴”了。她追想当年，丈夫外出，自己思念心切，也曾一人在花园饮酒赏菊，填词遣怀。词寄出后，那结尾一句“莫道不销魂，帘卷西风，人比黄花瘦”，不仅博得丈夫赞赏，而且一时传诵士林。如今，自己更是“人比黄花瘦”了，但丈夫何在？旧居何在？昨日黄花何在？她越思越想，越是悲凉。她盼着天快点黑，好早些睡去，忘记愁烦。但那一缕残阳就是挥之不去。“守着窗儿，独自怎生得黑？”

在这百无聊赖之际，窗前的风是住了，却不料又下起毛毛雨来。“梧桐更兼细雨，到黄昏，点点滴滴。”这是一种多么凄清的境界！置身于如此境界，像她这样一个茕茕孑立而又多愁善感的才女，情何以堪！那“点点滴滴”的，不是雨声，而是她的心声，是她在诉说着自己的身世，那一桩桩、一件件的往事，那曾经的升沉聚散……

“者次第，怎一个愁字了得？”

古乡情

中国历史悠久，素有文明古国之称。数千年间，朝代兴亡，世态变迁，人物来去，文化传承……这一切，构成了中国丰富多彩的历史画卷，也形成了中国人特有的历史情结——“古今情”。

中国人的这种“古今情”，在平民百姓层面，是乐于谈古论今，在士大夫层面，则是讲求博古通今。而士大夫的博古通今，又有两种形式：一种是学理形式，一种是艺术形式。我们现在要探讨的中国古典诗歌中的“古今情”，就属于中国士大夫之艺术形式的博古通今。

体现“古今情”的中国古典诗歌，主要见于“怀古”题材的作品。在这些作品中，诗人往往以某些历史遗迹、历史人物起兴，所抒发的“古今情”则大体上有三种类型。

第一种是诗人作为文化人而对前人往事的历史感、沧桑感。比如李白的《苏台怀古》：“旧苑荒台杨柳新，菱歌清唱不胜春。只今惟有西江月，曾照吴王宫里人。”此诗写的是春秋时期吴王与西施的宫苑故地，后两句尤其凄美动人。再如刘禹锡的《乌衣巷》：“朱雀桥边野草花，乌衣巷口夕阳斜。旧时王谢堂前燕，飞入寻常百姓家。”此诗写的则是东晋王、谢两大名门的旧址，读来也令人不胜唏嘘。

第二种是诗人出于借古讽今而对前人往事的褒贬。比如屈原《离骚》中的名句:“彼尧舜之耿介兮,既遵道而得路。何桀纣之猖披兮,夫唯捷径以窘步。”屈原赞美尧、舜有道而天下大治,斥责桀、纣无道而自取灭亡,显然是针对当时楚怀王的昏庸,有感而发的。

第三种是诗人因自己的志向、遭遇而对前人往事的追怀。比如王安石作《明妃曲》,就是因他当时变法受挫而被罢相,故咏叹汉时昭君出塞的悲剧以寄托感慨:“人生失意无南北!”再如文天祥的《正气歌》,一口气列举了十二位高风亮节的古贤,歌颂他们“地维赖以立,天柱赖以尊”的浩然正气,这是因作者当时抗元失败被俘,要以此宣示自己弘扬正气,坚持民族气节,宁死不屈的决心。

中国古典诗歌所特有的这种“古今情”,体现了中国古代诗人所特有的文化气质,而归根结底,是体现了中华民族深厚的历史积淀和文化底蕴,值得我们认真领略和品味。

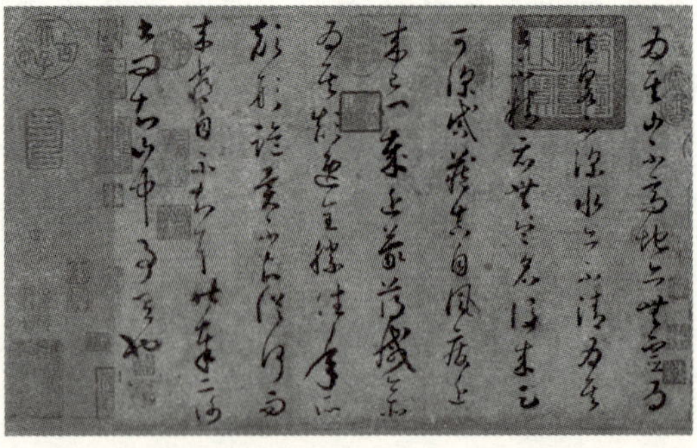

咏史（其一）

左思

主父宦不达，骨肉还相薄。买臣困樵采，伉俪不安宅。陈平无产业，归来翳负郭。长卿还成都，壁立何寥廓。四贤岂不伟，遗烈光篇籍。当其未遇时，忧在填沟壑。英雄有迍邅，由来自古昔。何世无奇才？遗之在草泽！

注释

主父：复姓，此处指西汉大夫主父偃。其人曾因求官未成而受到父母兄弟的轻视。 薄：薄情 买臣：朱买臣，西汉会稽太守，曾打柴为生，其妻以为耻而离去。 困：困于 伉俪（kàng lì）：夫妻 不安宅：家庭不和 陈平：西汉丞相，少时家贫，住在背靠城墙的破房子里。 翳（yì）：遮蔽，这里指栖身。 长卿：司马相如（字长卿），西汉文学家，受封侍从郎，贫时曾偕妻卓文君回成都故里，家徒四壁。 寥廓：空荡 遗烈：遗留于后世的显赫业绩 篇籍：史册 未遇：未得际遇 填沟壑：死于沟壑 迍邅（zhūn zhān）：困顿 遗：遗弃

左思是西晋初年的一位文学奇才。他的《三都赋》，史载当时“豪贵之家，竞相传写，洛阳为之纸贵。”成语“洛阳纸贵”即由此而来。

左思不仅擅长文学，而且颇有政治抱负，希望在当时西晋王朝平定东吴、统一中国的大业中有所作为。但是他所处的魏晋时代，盛行门阀制度，而他非望族出身，故此不受重用，壮志难酬。其《咏史》诗，实为借古讽今，以遣平生郁郁之怀。诗共八首，文情并茂，被后世称为“千古绝唱”。

我们现在选读的，即为左思《咏史》诗八首之一。此诗列举西汉四位前贤，主要描绘他们功成名就之前的困境，包括被家人鄙弃（见注释），读来令人唏嘘不已。而唏嘘之馀，我们又感到此诗与一般慨叹贤士怀才不遇之作有所不同，

诗中寓意还须深入品味。

首先，作者确实深为感慨贤士怀才不遇时的艰难困苦，尤其是那种人情冷暖、世态炎凉。正如诗中所述，西汉的“四贤”，“当其未遇时”，竟到了“忧在填沟壑”的地步。作者这种感慨，当然既是感慨前贤，更是感慨自己。但是，作者如果只是要表达这种感慨，那么作为“咏史”的举例，就应以终生怀才不遇的贤士更为典型。而作者实际所举之例，即西汉的“四贤”，都是“奇才”，但最终并没有被“遗之在草泽”，他们后来还是功成名就了，只不过“英雄有迍邅”而已。这就说明诗中寓意其实很复杂，应该还有言外之意。

比较明显的“言外之意”，当然是作者此时仍然不甘沉沦，仍然以“英雄”自负，决心不为暂时的“迍邅”所屈服，定要大有作为，像“四贤”那样“遗烈光篇籍”。这种坚定的自信心和顽强的事业心，是古来贤士所共有的，我们很容易理解。

比较隐晦的“言外之意”，则是作者对“四贤”终能功成名就的羡慕，归根结底乃是对“四贤”所处时代的羡慕。天助“四贤”生于西汉那风云际会的时代。他们虽然出身低微，历尽艰辛，但是最终都能功成名就。而作者生不逢时，尽管其文章已致“洛阳纸贵”，但在当朝者眼中，仍不过是个门第不高、无足轻重的文人而已。想当年，那“四贤”之一的司马相如，其《子虚赋》偶然被汉武帝看到，立即蒙受召见，其后他再献《上林赋》，终于得授郎官。汉武帝到底是那个伟大时代的伟大君主，他只认人才，而不在意其门第高低。对此，左思怎能不联想到自己？又怎能不羡慕那个时代？当然，他没有把这种羡慕之情在诗中明确表达出来，因为那要犯忌讳。

但是，到诗的结尾，作者还是发出了“何世无奇才？遗之在草泽！”的不平之鸣：像“四贤”那样的“奇才”，只是西汉才有吗？当今就没有吗？有的！可惜“遗之在草泽”了！我们看到，作者经过一番“咏史”之后，终于推出了自己，终于把自己怀才不遇的满腔悲愤一吐为快。这就是诗人。“诗缘情”，不动真情，何以为诗人？

登幽州台歌

陈子昂

前不见古人，后不见来者。念天地之悠悠，独怆然而涕下。

注释

幽州台：又名黄金台，相传为战国燕昭王所筑，故址有今北京大兴、河北定兴诸说，待考。　　悠悠：长远貌　　怆（chuàng）然：伤感地

初唐诗人陈子昂的这首《登幽州台歌》，不过寥寥四句，却被称为千古绝唱。其独到之处，就在于点到为止，意味无穷。

我们是否注意到，此诗题为“登幽州台歌”，但诗中并未提及幽州台的相关典故。可想而知，作者登台之后，感慨太深，已经不想对他认为众所周知的幽州台典故多说什么了，甚至感慨之言也不想多说。在他看来，有这么四句，足够了。

实际上，这四句中，关键性的还只是前两句，即“前不见古人，后不见来者。”

这两句，明显是化用的屈原《远游》中“往者余弗及兮，来者吾不闻”两句，但意思略有不同。屈原句中，“往者”是指一般意义的古人，或古之贤者；“来者”也是指一般意义的后来人，或后来之贤者。而陈子昂句中，“古人”显然特指与幽州台相关的燕昭王君臣；“来者”则相应地特指能与燕昭王君臣比拟的后来人。也就是说，陈子昂登幽州台作歌怀古，就是感慨当年燕昭王君臣之风云际会，前无古人，后无来者。那么，当年与幽州台相关的燕昭王君臣，到底有着怎样一段风云际会呢？

那是在战国后期。齐国乘燕国内乱，几乎将燕国灭亡。燕昭王即位后，志在兴邦雪耻，因苦于人才匮乏，而问计于老先生郭隗（kuí）。按郭隗的指点，燕昭王首先高调优待郭隗，作为礼贤下士的示范。此外，相传燕昭王还筑一高台，置千金于台上以招贤（此台因地处幽州，后世称之幽州台，又因曾置黄金于其上，亦名黄金台）。如此一来，燕昭王礼贤下士之名传遍天下。于是，各国文武贤才争相投燕，其中最著名的有来自齐国的邹衍，来自魏国的乐毅，和来自赵国的剧辛等。在他们的辅佐下，燕昭王励精图治，国家日益强盛。后来，燕昭王任乐毅为上将军，联合秦、楚、赵、魏、韩五国大举伐齐，相继攻破七十馀城，几乎灭亡齐国。这一场胜利，不仅为燕国雪了国耻，也为燕昭王留下了礼贤下士的千古美名。从此，幽州台便成为历代文人寻访、登临、凭吊、吟咏之胜迹，其相关典故亦众所周知。

其实，当年燕昭王之筑台置金，即使真有其事，也绝非众贤士争相来投的动因。在中国古代，从来贤士投明主，都是为建功立业，以酬平生之志，不曾有贤士为黄金而奔走的。故后世登幽州台而慷慨悲歌者，必是怀才不遇的志士。而我们现在所读《登幽州台歌》的作者陈子昂，正是这样的志士。

陈子昂乃初唐俊杰，进士出身，才兼文武，志在有为。他走上仕途之时，正逢武则天在位。武氏内任宗族，外用酷吏，朝政黑暗。陈子昂身为言官（右拾遗），敢于直谏，一度遭株连下狱。后来契丹犯境，攻陷营州，武氏遣其侄子建安王武攸宜率兵征讨。陈子昂随军任参谋，屡献良策，武攸宜皆不采纳。次年兵败，军情紧急。陈子昂请求率万人为前驱以破敌，遭拒，其后再次请求，竟被降职为军曹。他就是在这样的遭遇下登幽州台的。试想，此时的他，怎么会不追怀昔日风云际会的燕昭王君臣，怎么会不惋惜自己生不逢时，又怎么会不发出“前不见古人，后不见来者”的浩叹！

但是，台上高天渺渺，台下大地茫茫，一个孤独的失意者，他的叹息，即便是浩叹，又能有多大的反响？他只能“念天地之悠悠，独怆然而涕下”了。有幸的是，因为这首悲歌，历史记住了他。

蜀　相

杜　甫

丞相祠堂何处寻？锦官城外柏森森。映阶碧草自春色，隔叶黄鹂空好音。三顾频烦天下计，两朝开济老臣心。出师未捷身先死，长使英雄泪满襟。

注释

丞相：指三国蜀汉丞相诸葛亮　　锦官城：今四川成都　　开济：开创、扶持

杜甫在安史之乱中流落成都后，即寻访了纪念三国蜀汉丞相诸葛亮的祠堂，并留下了《蜀相》这一著名诗作。千百年来，赞颂诸葛亮的诗歌作品不可胜数，而杜甫的这一首堪称无与伦比。此诗不仅是赞颂诸葛亮的名作，而且也是唐诗名作。

“丞相祠堂何处寻?”诗的这头一句，看似简单的发问，实际上表达了作者当时想要寻访“丞相祠堂”的迫切心情。这是完全可以理解的。我们知道，诸葛亮是中国古代伟大的政治家、军事家。他在国人的心目中，是智慧的象征，尤其是忠义的典型。而伟大的诗人杜甫，也正是忧国忧民的忠义之士。所以，这两位异代不同时的伟大人物，在忠义这一中国士大夫的传统信念上，一脉相承了。也正因为如此，杜甫到成都后，“丞相祠堂何处寻?”便成为他的一大关注。他要到那里去凭吊诸葛丞相，表达他对这位忠义前贤的景仰之情。

诗的第二句是前一句所问的答案，但显然不是一个简单的答案。“锦官城外”的下面，如果我们来写，那一定是某个更具体的地址或方位，然而诗中写的却是“柏森森”，也就是一片茂密、幽深的柏树林。这才是写诗！而我们那种写法，不是写诗，是在写说明。更重要的是，这种“柏森森”的远景，为“丞

相祠堂”预先渲染了一种肃穆的气氛，令人还未见到“丞相祠堂”，就已经肃然起敬。

按我们的想象，接下来似乎就该写祠堂了。但实际上诗中只写了祠堂的外景：“映阶碧草自春色，隔叶黄鹂空好音”。这一联，上联中的“自”，下联中的“空”，皆为“诗眼”，最是关情。就是说：此地少有人来，年复一年，阶前的碧草自成春色，叶间的黄鹂空鸣好音。这就生动、形象地描绘出了“丞相祠堂”的幽寂、苍凉，并透出一种悠长的岁月感，从而引发人们对诸葛丞相深深缅怀。

到此，还需要写祠堂吗？不需要了，该写诸葛丞相了。但其人一生文韬武略，叱咤风云，丰功伟绩，当从何写起？况且文字极为简短的诗句，又当如何表达？显然，必须对他一生的事迹高度概括，并且从中体现出他的忠义精神。这一要求，诗的第三联可以说完全达到了：“三顾频烦天下计，两朝开济老臣心。”此联的上联，写的是众所周知的“三顾茅庐”的典故。诸葛亮因刘备“三顾茅庐”而作“隆中对”，为刘备提出了鼎足三分，联吴抗曹，最终一统天下之大计。这是诸葛亮一生事业的起点，也昭示了诸葛亮力图复兴汉室的忠义之心，所以是写诸葛亮不可缺少的一笔。而此联的下联，则写的是诸葛亮辅佐刘备取西川，建蜀汉，立后主，伐中原的赫赫功业，由此也彰显了诸葛亮这位两朝老臣报答刘备知遇之恩的忠义之情，这当然又是写诸葛亮必须要交待的。诚然，此联无论上联还是下联，确实是高度概括，但诗只能这样写，并且作者确实写得很好。实际上，作者隐含的概念是，诸葛亮的事迹早已人所共知，以“三顾频烦天下计，两朝开济老臣心”，点到为止就可以了。至今，襄阳的古隆中，即诸葛亮“茅庐”遗址，入口牌坊上的对联，就是杜甫此联，可见此联确实被后世所认可。

由三国当时的历史条件所决定，诸葛亮复兴汉室的政治抱负最终没有实现。对此，历代的忠义之士深以为憾，杜甫当然也不例外。所以在诗的结尾，他喟然叹曰：“出师未捷身先死，长使英雄泪满襟。”这深情的一叹，把全诗的情感推向了高潮。并且，正如我们所知，这一喟叹已成千古名句，世代流传，尤其作为悲壮的挽歌，常被人们用来哀悼那些事业未竟而含恨逝去的志士仁人。

西塞山怀古

刘禹锡

王浚楼船下益州，金陵王气黯然收。千寻铁锁沉江底，一片降幡出石头。人世几回伤往事，山形依旧枕寒流。从今四海为家日，故垒萧萧芦荻秋。

注释

西塞山：在今湖北省黄石市东长江边　王浚：西晋大将　益州：今四川一带　金陵：今南京市　千寻：形容很长（古时八尺为寻）　降幡（fān）：降旗　石头：指“石头城”（金陵别称）　故垒：前代遗留的军事营垒（指西塞山）

中唐诗人刘禹锡的《西塞山怀古》，当时就曾受到白居易的称赞，后世评家则推为怀古诗之杰作。

这首诗文辞之圆熟，气势之雄阔，是显而易见的。但如果要深入领会其情感和意旨，还必须了解相关的历史背景。

人们都知道，历史上三国归晋。其过程，先是魏灭蜀汉，然后是西晋代魏，最后是西晋灭吴。而我们现在品读的这首怀古诗，作者“怀”的就是当时西晋灭吴的一场战争。那是西晋武帝太康元年，大将王浚率楼船水师从四川顺江东下，一路势如破竹，到达今湖北境内的西塞山时，遇到吴国以铁链横江所设的封锁线。王浚于是以木筏载火炬烧熔铁链，突破封锁，水师直下江东。吴主孙皓见大势已去，终于在都城建业（金陵）投降。

我们看到，这一段波澜壮阔的历史，在诗人的笔下就是两联：“王浚楼船下益州，金陵王气黯然收。千寻铁锁沉江底，一片降幡出石头。”虽说只有这两联，但描写已经足够生动、形象，尤其是第二联，历史的场景可谓历历如绘。读到此，我们既钦佩诗人的才华，也叹服中国古典诗歌的艺术表现力。

但是，诗人的“怀古”，不会仅仅就是这样以诗歌的语言来描写一段历史。我们且看诗的后两联：“人世几回伤往事，山形依旧枕寒流。从今四海为家日，故垒萧萧芦荻秋。”这一番感叹，可就大有文章了。

首先，诗人从当年吴国在西晋的进攻下迅速败亡，理所当然地想到了其中的原因。略知三国历史的人都知道，吴国的缔造者孙坚、孙策、孙权父子，曾是何等英雄人物！后来正式建国称帝的孙权，还在年轻时，曹操就对他敬畏三分，叹曰：“生子当如孙仲谋！”当时的吴国，兵精粮足，虎踞江东，与魏、蜀汉势成鼎足。可是孙权之后，吴国宗室便陷入争权夺位的长期内乱，国力大为削弱。尤其是末代国君孙皓，荒淫残暴，不断地大兴土木，营造宫殿，还以骇人听闻的酷刑镇压人民。如此弊政，已经注定了其必然的垮台。而他还自持长江天堑，以为吴国固若金汤。结果西晋大军一到，长江全线顷刻瓦解，孙皓只得开城投降，赫赫扬扬的吴国到此灭亡。无怪乎在西塞山怀古的诗人，面对“山形依旧枕寒流”，思前想后，而发出“人世几回伤往事”的感叹。

但是，诗人还不止是对“往事”感叹而已，他还有对现实的忧思。原来，刘禹锡并不是一个纯诗人，他其实首先是一个政治家。他所处的中唐时期，唐王朝政治上日益黑暗，最严重的问题就是宦官当权，朝政败坏。顺宗即位后，任用以王叔文、王伾为首，刘禹锡、柳宗元等八人为骨干的革新集团，打击宦官势力，推行新政。而宦官势力则勾结藩镇势力反扑，迫使顺宗让位给宪宗，并将王叔文集团贬逐，于是革新归于失败。刘禹锡被贬逐后迁徙多处，而这首《西塞山怀古》诗，则是他在穆宗长庆四年从夔州（在今四川）调任和州（在今安徽）刺史途中所作。可想而知，他此时“怀古”于西塞山下，当然是抚今思昔，心潮难平，除了感叹当年吴国因弊政而灭亡，又岂能不忧虑眼下的唐帝国因弊政而衰落？然而他毕竟是王叔文“余党”，不敢直抒胸臆，所以他这首“怀古”诗，竟是用了一种曲笔来结尾：“从今四海为家日，故垒萧萧芦荻秋。”表面上，这好像是在颂扬说：如今已是天下一统了，就让那前朝的战争遗迹去伴随秋风中的萧萧芦荻吧。实际上，明眼人一看便知，全诗最终以“故垒萧萧芦荻秋”这样一幅苍凉、衰飒的画面结尾，不正是在警示当今吗？

怀古，贵在鉴古。“以古为鉴，可知兴替”，这便是此诗的意旨。

焚书坑

章碣

竹帛烟销帝业虚，关河空锁祖龙居。坑灰未冷山东乱，刘项原来不读书。

注释

焚书坑：遗址在今陕西临潼东南骊山上　　竹帛：代指书籍（古时以竹、帛作书）　　关河：关隘、河流（指险阻）　　空锁：徒然地护卫着　　祖龙：指秦始皇　　山东：崤山以东（指秦时关中以东中原地区）　　刘项：指刘邦、项羽

唐末诗人章碣，不很著名，但他的《焚书坑》这首咏史诗却很著名，流传至今。

这首诗写的是的秦朝焚书事。此事在司马迁《史记·秦始皇本纪》中有明确记载，且发生的时间距司马迁修《史记》不过百年左右，故应该可信。按记载，当时焚书的范围包括“《诗》、《书》、百家语”，即先秦时期的所有典籍，焚书的目的则在于防止“诸生不师今而学古，以非当世，惑乱黔首”，即读书人依据前人学说批评时政而影响民心。秦始皇相信，焚书之后，天下再无读书人，他的秦朝就可以“二世三世至于万世，传之无穷”了。那么，后来的历史是不是这样呢？章碣的《焚书坑》，以诗歌的形式回答了这一问题。

从诗题“焚书坑”，我们便可以想象，当初焚书时必是烈火熊熊，景象骇人。可是“竹帛烟销”之后，剩下来的竟是“帝业虚”，也就是秦帝国的基业化为乌有，这结局真是匪夷所思。人们要问，赫赫不可一世的秦帝国，怎么会说

垮就垮了？即便有敌人来进攻，那函谷关、黄河等固若金汤的“关河”，怎么就“锁”不住八百里秦川的“祖龙居”？可事实还真的如此，当时的历史画面就是“关河空锁祖龙居”。“空锁”！可叹秦始皇，焚书不过是徒劳一场。他的秦朝，说什么“万世”，“无穷”，结果传到二世就亡了，前后不过十五年，是中国历史上少有的短命王朝。那么，究竟是谁把秦朝推翻了？

原来，秦始皇灭亡六国，一统天下之后，又推行了郡县制度，统一了文字、货币、度量衡。这确实是盖世功业，无与伦比。但他却因此而忘乎所以，为所欲为，由一个历史伟人走向专制魔王。他大兴土木，仅为其修陵墓的民工即达八十万众。他还以严刑峻法压迫和残害人民，甚至规定百姓三人以上不得聚首，长途服役者一旦误期杀无赦，最后发展到焚书坑儒，企图灭绝文化和文化人。由于这样疯狂的倒行逆施，秦始皇在位期间就已经民不聊生，国将不国。他死后，其子秦二世继续施行暴政，终于导致以陈胜、吴广为首的大泽乡起义，并由此引发全国规模的反叛和割据，此即“坑灰未冷山东乱”。刘邦、项羽正是这一场大动乱中涌现的英雄人物，他们最后攻入咸阳，推翻了秦朝。而论出身，刘邦原是乡村亭长，项羽原是习武的贵族子弟，所以说“刘项原来不读书”。

我们看到，章碣此诗，题为“焚书坑”，但直到结尾，也没有明言“焚书坑”的历史启示，而只是告诉人们：那个视读书人为大敌的秦朝，竟是被不读书的人推翻的。这个冷幽默，确实耐人寻味，发人深省，体现了章碣此诗手法之高超。其实，中国的先贤早已指出：“民惟邦本，本固邦宁。”秦朝以暴政虐民，伤其“邦本”，焉能不亡？天下民心已失，焚书坑儒又有何用？应该说，真正推翻秦朝的，也不是刘邦、项羽，而是比刘邦、项羽更加“不读书”的那些揭竿而起的黎民。对此，“祖龙”爷如果地下有知，也当幡然悔悟了吧？

桂枝香·金陵怀古

王安石

登临送目。正故国晚秋，天气初肃。千里澄江似练，翠峰如簇。归帆去棹残阳里，背西风、酒旗斜矗。彩舟云淡，星河鹭起，画图难足。

念往昔繁华竞逐。叹门外楼头，悲恨相续。千古凭高对此，漫嗟荣辱。六朝旧事随流水，但寒烟衰草凝绿。至今商女，时时犹唱，后庭遗曲。

注释

故国：指六朝旧都金陵　　肃：秋高气爽　　练：白绢　　簇：箭头　　斜矗：意为斜着挑出　　繁华：指六朝的奢靡　　门外楼头：借杜牧诗句“门外韩擒虎，楼头张丽华”用典，指隋将韩擒虎兵临金陵城下时，陈后主正与爱妃张丽华宫中作乐。　　漫：徒然　　嗟（jiē）：叹息　　六朝：吴、东晋、宋、齐、梁、陈　　但：只有　　商女：歌女　　后庭遗曲：指陈后主所作歌词《玉树后庭花》

提起王安石，人们首先就会想到“王安石变法”。确实，众所周知，王安石是中国历史上伟大的政治改革家，是北宋中期那一场永垂史册的变法运动的代表人物。当然，人们也知道，他同时还是中国历史上著名的文学家和诗人。我们现在品读的这首词，可能是他再次罢相后隐居金陵时所作，其文辞之老辣，境界之高超，连苏轼都由衷叹服。可以说，也只有王安石，才能写出这样的作品。

这首金陵怀古词，很明显是上半阕写金陵，下半阕写怀古。写金陵，写出了“故国晚秋”的“画图难足”；写怀古，则写出了“六朝旧事”的“悲恨相续”。

先看上半阕所写的金陵。作为“六朝”旧都，金陵乃东南形胜之地，向有龙盘虎踞之称。所以写其景象，先要高处着眼，大处落笔，以显气势。而此词的开篇第一句正是“登临送目”，即登高望远，然后在秋高气爽的背景下，托出了“千里澄江似练，翠峰如簇”。这是一幅长卷的《千里江山图》，色彩鲜明，形象生动，纵览之下，锦绣东南尽收眼底。然后，便可以由远及近，展现金陵城下的江上风光了。江面上，“归帆去棹残阳里”：已是夕阳西下，在满江的落辉之中，船只仍然往来如织。而江岸上，“背西风、酒旗斜矗”：从酒家斜挑出来的“酒”字旗，正在秋日的晚风中飘动，招引着过往的客商和游人。更引人入胜的，是“彩舟云淡，星河鹭起”，也就是入夜时分的游船，其灯火笙歌，惊动洲头的白鹭飞起……这样美妙的江上风光，真是“画图难足”！

再看下半阕所写的怀古。“念往昔繁华竞逐。叹门外楼头，悲恨相续。”这几句可谓提纲挈领。面对金陵，怀古当然是怀“六朝旧事”。“六朝”，即吴、东晋、宋、齐、梁、陈，相继建都金陵，在中国历史上以奢靡浮华著名，故后世有“金粉六朝”之称。这样的朝代当然是兴亡接踵，来去匆匆。而作为艺术表现，王安石选择的典型形象是“六朝”的最后一朝，即陈朝，并且化用唐朝杜牧的诗句“门外韩擒虎，楼头张丽华”，以“门外楼头”描绘出当时的历史画面：隋朝大将韩擒虎打到金陵，兵临城下，陈后主还在与爱妃张丽华饮酒作乐于宫中，直到被破城入宫的隋兵俘获。陈朝灭亡的这一历史画面，形象地代表了“繁华竞逐”、“悲恨相续”的“六朝”。在此基础上，作者连发慨叹，令怀古之情更增沧桑之感：“千古凭高对此，漫嗟荣辱。六朝旧事随流水，但寒烟衰草凝绿。”最后，因当年陈后主所作的一首实为亡国之音的歌词《玉树后庭花》，竟然到唐、宋还在被金陵的歌女们传唱，于是作者又化用杜牧的诗句“商女不知亡国恨，隔江犹唱后庭花”，进而慨叹：“至今商女，时时犹唱，后庭遗曲。”这一慨叹，实际上是在警示世人：“六朝”亡国的教训，不可遗忘啊！

我们知道，王安石主持的那一场变法运动，最后是失败了。他当初为什么要主张变法？变法失败后北宋的命运会如何？这些问题，当我们读了他这首金陵怀古词之后，即使不读历史，也应该可想而知。

念奴娇·赤壁怀古

苏　轼

大江东去，浪淘尽、千古风流人物。故垒西边，人道是、三国周郎赤壁。乱石穿空，惊涛拍岸，卷起千堆雪。江山如画，一时多少豪杰！

遥想公瑾当年，小乔初嫁了，雄姿英发。羽扇纶巾，谈笑间、樯橹灰飞烟灭。故国神游，多情应笑我，早生华发。人生如梦，一樽还酹江月。

注释

赤壁：三国赤壁之战遗址在今湖北省赤壁市（原蒲圻县）赤壁镇。苏轼所游赤壁在今湖北省黄冈市黄州区（系当时认定之误）。　淘：水流荡涤（比喻历史带走）　周郎、公瑾：均指周瑜（字公瑾）　小乔：周瑜之妻　纶（guān）巾：配有青丝带的头巾　樯橹：桅杆及船桨（代指船）　故国：此处指赤壁古战场　神游：驰神之游　多情：实指忧国　酹（lèi）：以酒浇地面或江河（祭奠）

宋神宗元丰年间，苏轼被贬黜黄州。当时，黄州赤壁被认为是三国赤壁之战遗址，故苏轼留下了传诵千古的前后《赤壁赋》和《念奴娇·赤壁怀古》词，黄州赤壁也因此被称为“文赤壁”。而真实的赤壁之战遗址，即蒲圻赤壁，则被称为“武赤壁”。如今，这两处赤壁都是名胜，游人对孰“真”孰“假”毫不介意。大家念念不忘的，除了赤壁之战的故事，就是苏轼的遗篇，首先是这首《念奴娇》。

三国在中国历史上是一个英雄时代。而赤壁之战，可以说是三国英雄的一场大角逐。曹操、孙权、刘备、周瑜、诸葛亮……这些叱咤风云的人物，个个都给后世留下了深刻的印象。所以苏轼赤壁怀古，起句就是对三国一代英雄的追忆：“大江东去，浪淘尽，千古风流人物。”此句气势之磅礴，足以展开赤壁之战这样的重大历史题材。展开的第一幕，就是赤壁现场：“乱石穿空，惊涛拍岸，卷起千堆雪。”如此惊心动魄的画面，显然象征着当年的战场：万船交集，鼓角震天，风起云涌，烈焰腾空。但作者只写如今的现场，不写当年的战场，以自然景观象征历史风云，而把想象的空间留给读者，这正是艺术手法的高明。然后，作者笔锋一转，又回到了英雄主题：“江山如画，一时多少豪杰!”

我们注意到，作者在此词的上半阕，就已把赤壁称为“三国周郎赤壁”。这表明作者赤壁怀古时所追忆的三国英雄，是以周瑜为代表的。这当然有其道理：当时赤壁之战的双方，是曹军和孙刘联军。曹军的统帅曹操，虽拥有强势，但他最终是失败者。取胜的孙刘联军，以孙权的吴军为主力，而吴军的统帅就是周瑜。所以词的下半阕，便重点描写周瑜。但作者“遥想公瑾当年”，竟首先提到周瑜的夫人小乔，以“小乔初嫁了”，来衬托周瑜“雄姿英发”的少年英雄形象。这真是出人意料，却又妙笔生花。接下来，作者仍没有具体描写“公瑾当年”是如何指挥若定，火烧曹军战船，大获全胜，而只是着意刻画他的儒将风度，即身临战场却“羽扇纶巾”，并且“谈笑间”曹军就“樯橹灰飞烟灭”了。这当然是高度的浪漫和夸张，但作为艺术手法却非常成功，因为既生动形象，又符合周瑜其人儒雅、睿智以及他在赤壁之战中确实取胜的历史真实。

作者赤壁怀古，追忆“千古风流人物”，“遥想公瑾当年”，最后不由得对比自己。当时，他正迭遭挫折，先是因为在朝中反对变法而自请外放，接着又因为小人陷害而锒铛入狱，出狱后被贬黜到黄州挂个“团练副使”的闲职，事业上已无所作为。故而他怀着沉重的失落感和迷茫感，自笑“早生华发”，长叹“人生如梦”。而自笑、长叹之余，面对赤壁，他还是解不开英雄情结，忘不了周瑜等“千古风流人物”。但英雄们而今安在？所幸当年曾见证这些英雄建功立业的，尚有这眼前的大江与明月，那就“一樽还酹江月”吧！

永遇乐·京口北固亭怀古

辛弃疾

千古江山，英雄无觅，孙仲谋处。舞榭歌台，风流总被，雨打风吹去。斜阳草树，寻常巷陌，人道寄奴曾住。想当年金戈铁马，气吞万里如虎。

元嘉草草，封狼居胥，赢得仓皇北顾。四十三年，望中犹记，烽火扬州路。可堪回首，佛狸祠下，一片神鸦社鼓。凭谁问：廉颇老矣，尚能饭否？

注释

京口：即镇江　北固亭：旧址在镇江北固山上　孙仲谋：三国吴主孙权（字仲谋）　寄奴：南朝宋武帝刘裕小字　元嘉：南朝宋文帝年号　草草：轻率　封狼居胥：汉将霍去病北伐匈奴获胜后，在狼居胥山设坛祭天（此处代指北伐）。　四十三年：作者四十三年前脱离金人占领的北方，渡江（经扬州）投南宋。　佛狸：北朝魏太武帝拓跋焘小字　神鸦社鼓：祠庙前举行祭祀活动时，乌鸦寻食，村人鸣鼓。　廉颇：战国时著名老将

辛弃疾的这首《永遇乐》词，是辛词的代表作之一。

辛弃疾年仅二十多岁时就从金邦占领的北方南来投宋，志在抗金报国。但因孝宗朝宋金“隆兴和议”，抗金事业废弛，辛弃疾一生未受重用，几度起落，闲居时间将近二十年。至宁宗朝，韩侂胄为相，锐意北伐，辛弃疾最后一次被“起用”，先任浙东安抚使，后改镇江知府，实际上仍未能参与北伐军事。此时他已六十多岁了。

宁宗开禧元年春，南宋的北伐大计即将施行，但军事上却准备不足。韩侂胄则急于求成，仓促兴师。对此，富于军事经验的辛弃疾深以为忧，而又无力

影响朝廷的决策。于是，他只能把自己的满腹深忧付于词作，写下了《永遇乐》这一宋词名篇。此词名为“怀古”，实为借古讽今，但写得自然、得体，且气势磅礴，不愧大家手笔。

首先，作者以京口古城为话题引出历史上的两个英雄人物：曾建都于此的三国吴主孙权和曾居住于此的南朝宋武帝刘裕。孙权当时雄踞江东，逐鹿天下，曹操叹曰：“生子当如孙仲谋!”刘裕则以北伐奇功一挽东晋百年颓势，最后废晋自立，为刘宋开国之主。如今，这两位英雄都已同当年的“舞榭歌台”、“金戈铁马”一起消逝在远去的岁月之中了，但他们的英名是与世长存的。

作者讴歌这两位古代英雄，并非是在发思古之幽情。实际上，人们从这两位古代英雄，必然会联想到后来的南宋皇帝。同样是在江南立国，南宋皇帝中有像孙权、刘裕那样的英雄人物吗？显然没有。这深深的遗憾，就是作者在“怀古”中真正想表达的意思。

然后，作者继续“怀古”：南朝宋文帝刘义隆想继承其父武帝刘裕的事业，最终收复中原，一统华夏。但他并无其父之才，所用的王玄谟也只能纸上谈兵。元嘉二十七年，王玄谟轻率北伐，结果大败，导致北魏势力逼近长江，即所谓“元嘉草草，封狼居胥，赢得仓皇北顾。”甚至当时所建的北魏太武帝拓跋焘的庙宇，至今老百姓还在顶礼膜拜，“一片神鸦神鼓”，真令人感慨唏嘘！作者说古道今，无非是认为北伐事关重大，一定要吸取历史教训，做好充分的准备，不可轻率兴师。但是，作者担心的结局，不幸还是到来了。韩侂胄伐金大败而归。在金邦的要挟下，宋宁宗竟然杀了韩侂胄，“函首议和”（将韩的首级装在盒子里献给金邦乞求罢兵）。这是宋朝继“靖康耻”之后的又一国耻。

最后，作品仍然以一个典故结尾，也就是战国老将廉颇的故事：廉颇晚年不受赵国重用，流落魏国。后来赵王又想起用他，就派使臣到魏国观其身体状况，廉颇则以超常的食量来显示自己的健壮。辛弃疾引用这个典故，显然是以廉颇自比，慨叹自己年事已高而壮志未酬。“凭谁问，廉颇老矣，尚能饭否?”这就是说，当年的老将廉颇，朝中还有人来过问他，看他是否可用，而如今的自己，有谁来过问？可见作者确实是“烈士暮年，壮心不已”，还想有一展雄才、抗金报国的机会。但终究事与愿违。两年后，这位老英雄还是含恨而死了，但留下的壮烈篇章则永远激励着后人。

山坡羊·潼关怀古

张养浩

峰峦如聚，波涛如怒，山河表里潼关路。望西都，意踟蹰。伤心秦汉经行处，宫阙万间都做了土。兴，百姓苦。亡，百姓苦。

注释

潼关：古关隘（在今陕西潼关）　　山河表里：踞山临河　　西都：指古都长安

踟蹰（chíchú）：此处指心情不能平静

对元曲，人们或许不像对唐诗宋词那样熟悉。但凡是读过元曲的人，就一定知道张养浩的《山坡羊》，因为这是元曲中的杰作。

写怀古之情，当然先写怀古之地。我们看到，在此作中，引发作者怀古的潼关，经作者寥寥数语的描绘，而尽现其踞山临河的雄伟气势。确实，潼关南踞秦岭，北临黄河，正所谓“峰峦如聚”，“波涛如怒”，“山河表里”。但如果仅此而已，还不足以引人怀古。实际上，潼关更重要的是其人文内涵，也就是它乃古都长安之门户。而西望长安，作者便心潮难平了。须知，那可是周秦汉唐之故都所在。这些朝代在此相继“经行”之后，而今安在哉？“宫阙万间都做了土”！如此而已，怎不令人感慨万分？

这种往事如烟的感慨，是历来怀古之作结尾的惯例。但张养浩的“潼关怀古”，却没有把感慨停留于往事如烟，而是出人意料地从历代兴亡的如烟往事中，揭示出一条并不如烟的活生生的历史规律：“兴，百姓苦。亡，百姓苦。”

震撼！

确实，自古以来改朝换代，兴亡之际，受苦的总是老百姓。对此，谁能否认呢？

正是“兴，百姓苦。亡，百姓苦”这两句通俗而又深刻的结语，使张养浩的这首《山坡羊》不仅成为元曲的杰作，而且成为中国古典诗歌的名篇。

我们应当看到，作者在这首怀古之作中，写出如此震撼人心的结语，其难能可贵，在于两个突破：

第一是突破了文人怀古的一种传统关注。由于中国历史悠久，所以历来文人常有怀古之作。但这些文人之怀古，往往只是关注帝王将相。张养浩则不同。作为文人，他也怀古，但他最终关注的却是平民百姓，慨叹“兴，百姓苦。亡，百姓苦”。这当然就难能可贵了。

第二是突破了封建时代的一种传统忌讳。众所周知，封建时代的统治者对于改朝换代，历来是否定前朝而肯定本朝，宣扬前朝乃因“致生灵于涂炭”而亡，本朝则因“救斯民于水火”而兴。如果有人把前朝与本朝等量齐观，看成“你方唱罢我登场”，那肯定是要犯忌讳的。但张养浩却犯了这个忌讳，居然指出无论兴亡，都是苦了百姓。这显然将直接触犯本朝统治者，风险极大，所以更是难能可贵。

张养浩在其作品中做到上述这两个难能可贵的突破，并不是偶然的。他本来就不是一般的文人，而是元朝后期官至尚书的一位贤臣。当时朝政黑暗，而他心忧社稷，情系苍生。在他已经辞官归隐之后，朝廷又因关中大旱而特召他主持救灾。他以垂暮之年忘身尽职，最后竟劳累而死。他是为解除“百姓苦”而死的，这正印证了其作品中“百姓苦”之呼声的真诚。

满江红

文征明

拂拭残碑，敕飞字、依稀堪读。慨当初、倚飞何重，后来何酷。果是功成身合死？可怜事去言难赎。最无端、堪恨又堪悲，风波狱！

岂不念，疆圻蹙？岂不念，徽钦辱？但徽钦既返，此身何属？千载休谈南渡错，当时自怕中原复！彼区区、一桧亦何能，逢其欲。

注释

倚：依靠　赎：挽回　风波狱：指陷害岳飞的冤案（岳飞被杀害于风波亭）　疆圻：疆界　蹙（cù）：缩小　徽钦：北宋末年被金兵俘虏的徽宗、钦宗　何属：如何安置　南渡：指北宋灭亡后宋室偏安江南　逢其欲：逢迎其意

按历史记载，南宋高宗朝，抗金英雄岳飞率军北伐，在即将渡过黄河收复中原全境之际，被朝廷一天连发十二道金牌紧急召回，然后以“莫须有”（可能有）谋反的罪名杀害。岳飞的这一冤案，到高宗之后的孝宗朝得到平反。高宗早年所敕“精忠岳飞”四字，被刻在墓碑上，此举既为岳飞恢复了名誉，又暗示了高宗与岳飞冤案无关。于是，当年具体策划这一冤案的奸相秦桧，就被认定为杀害岳飞之元凶。这种认定虽已载入史册，但不可避免地受到后世的质疑：岳飞当年是宋军一个方面军的元帅，即朝廷重臣，秦桧虽官居相位，但他能擅自处死一个身为元帅的重臣吗？如果说处死岳飞是高宗默许的，那么高宗处死岳飞，放弃北伐，又所为何来？对此质疑，明朝才子文征明的这首著名的《满江红》词，作出了可信的回答。

“拂拭残碑，敕飞字、依稀堪读。”看来，这“残碑”，就是当年宋孝宗为岳

飞所立之碑，而碑上所刻的“敕飞字”，也就是宋高宗所敕之“精忠岳飞”四字。这四字虽年深日久，但经过作者满怀深情地“拂拭残碑”，也还“依稀堪读”，而读来则令人感慨万分：“慨当初、倚飞何重，后来何酷。”就是说高宗对岳飞，当初是何等倚重，后来又是何等残酷。所谓当初对岳飞的倚重，是指宋室南渡之初，外有金兵，内有盗寇，小朝廷岌岌可危，多亏岳飞奋力平定乱局，才得以转危为安，故高宗称岳飞“精忠”，以资褒奖。而所谓后来对岳飞的残酷，当然就指高宗蓄意以冤案杀害了岳飞。写到这里，作者显然已经抑制不住满腔的悲愤：“果是功成身合死？”意即难道忠臣真该功成身死？“可怜事去言难赎。”意即可怜他已含冤而死，平反也无可挽回了。“最无端、堪恨又堪悲，风波狱！”是的，那一场诬陷岳飞的冤案太可恨，一代抗金英雄在风波亭的惨死太可悲！

悲愤之余，作者终于开始深刻揭露那个宋高宗的丑恶灵魂。

“岂不念，疆圻蹙？岂不念，徽钦辱？但徽钦既返，此身何属？”这连续三个问句，可以说淋漓尽致地刻画出了当时高宗的真实心态。诚然，这个偏安江南，对金邦称臣称侄的儿皇帝，毕竟也是宋室传人。对于中原大片国土的沦丧，对于父兄徽钦二帝的被俘，他岂能无动于衷？但是，如果真的北伐，打败金邦，迎回二帝，那他自立的皇位又怎么办呢？父亲徽宗好说，被俘之前就已经退位当“太上皇”了，但兄长钦宗是经过父皇正式传位的，一旦回来就理当复位，也就是自己要给兄长让位了。让位？那宁可让出中原！国土？还有江南半壁呢！总之，收复中原事小，保住皇位事大。所以，后世之人如果把高宗当时的这种心态看透了，也就不要再认为他甘于偏安江南是什么策略失误了：“千载休谈南渡错，当时自怕中原复！”也正是“当时自怕中原复”，所以高宗接受了金邦提出的议和条件：先处死岳飞。随后，金邦也相应表示愿意释放徽钦二帝，但高宗竟然无耻地拒绝接受自己的父兄！事情的由来和真相就是如此，显然高宗才是杀害岳飞的真正元凶。“彼区区、一桧亦何能”，不过是“逢其欲”即逢迎高宗之意而已。当然，秦桧确实是内通金邦的卖国奸臣，也确实是岳飞冤案的具体策划者，但历史不能因此就让他来充当宋高宗杀害岳飞的替罪羊。

文征明的这首《满江红》，代表了千百年来国人对于岳飞冤案的共识，所以传诵至今。笔者曾在杭州岳王庙内，亲见一老者指着壁上所录此词，对一群青少年逐字逐句讲解。自己当时即深深感受到：民族英雄是永远活在人们心中的，历史是不可能永远被歪曲的。

临江仙

杨　慎

滚滚长江东逝水，浪花淘尽英雄。是非成败转头空。青山依旧在，几度夕阳红？

白发渔樵江渚上，惯看秋月春风。一壶浊酒喜相逢。古今多少事，都付笑谈中。

注释

渔樵：渔父樵夫　　江渚：江中小洲（此处指江边）　　浊酒：粗制的酒

文字浅显而老辣，风格朴实而典雅，情感浪漫而深沉，在不尚填词的明朝出现如此佳作，实为难得。

杨慎的这首《临江仙》词，咏叹的是古往今来的世事沧桑。这样大的题目，作者竟以一首小令表现得淋漓尽致，奥妙就在于运用了文学作品以形象表现生活的艺术手法。可以说，这首词就是一幅画，一幅既含人物、又含山水的中国画。按中国画的题名习惯，此画似可题为“渔樵晚兴图”。画中，那“一壶浊酒喜相逢”的“白发渔樵”为主角，“逝水”、“江渚”、“青山”、“夕阳”为背景，然后经过“画外音”的提示，好一派出世风情！

“渔樵”，这是一种有中国文化特色的职业称谓，其含义远远超出职业本身。“渔樵”之意本来是“渔父”、“樵夫”，即捕鱼、砍樵之人。但在中国古代，这些人有时是很神秘的：他们确实以捕鱼、砍樵为生，但又并非一般的“渔父”、“樵夫”。比如，楚辞描写了一“渔父”，居然能以“与世推移”之高论指点屈原。更早的春秋时期，“樵夫”钟子期竟听懂了伯牙琴声中的“高山流水”。显然，这些“渔父”、“樵夫”，都是以“渔樵”隐居于世间的高士。我们为什么要如此细说“渔樵”？原来，这首词中的“渔樵”，其实就是作者的化身。史载杨

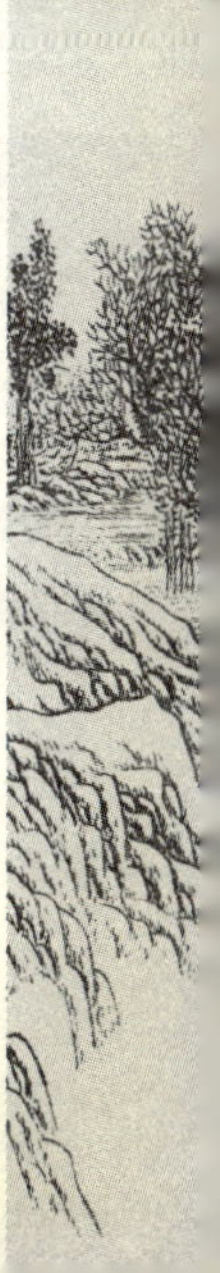

慎本为状元出身的京官，嘉靖三年因“大礼议”一案被谪戍云南，直到嘉靖三十八年死于戍所。漫长的坎坷生涯，使他看破红尘，大彻大悟，实际上已成为一个超然出世的隐士。他这个隐士，在其《临江仙》词中，即我们所说的那一幅《渔樵晚兴图》中，就化为“白发渔樵”了。而“画外音”告诉我们，这“白发渔樵”，已经“惯看秋月春风”，此刻正在把“古今多少事，都付笑谈中”。那么，本来深奥而严肃的“古今”话题，“白发渔樵”为什么只是“笑谈”而已呢？

原来，在他们“惯看秋月春风”的老眼中，古往今来，“是非成败转头空”！

这就是杨慎这个实际上的隐士所持的虚无主义历史观。他或许也有其道理。我们注意到，他这首《临江仙》的第一句，即“滚滚长江东逝水，浪花淘尽英雄”，显然是化用的苏轼《念奴娇》的第一句，即“大江东去，浪淘尽、千古风流人物”。苏轼在此词中，接着就是赞叹周瑜在赤壁之战中“雄姿英发”，“羽扇纶巾，谈笑间、樯橹灰飞烟灭”，最后则叹息自己“早生华发”，一事无成。可见，此时的苏轼虽遭谪贬，仍不忘建功立业，观念上还是一个入世者。而杨慎词中则不然。其第一句虽是对苏轼词中第一句的化用，但紧接着的却是一句冷语：“是非成败转头空”。这就明显地表示出，他对苏轼津津乐道的赤壁之战，英雄周郎，是毫不在意的。在他看来，赤壁之战中孙刘联军虽打败了曹军，但又怎么样呢？到后来还不是三国归晋了吗？周瑜虽立下了盖世功，但又怎么样呢？到后来还不是英年早逝了吗？所以他有理由认为“是非成败转头空”。以此来看他词中的那第一句，与其说是对苏轼词中第一句的化用，还不如说是反其意而用之：苏轼说“浪淘尽，千古风流人物”，实际上还是想在“千古风流人物”被“浪淘尽”以后，自己再顶上去。而杨慎说“浪花淘尽英雄”，意思则是“淘尽”就算了，因为“英雄”皆为“是非”之人，皆以“成败”论之，而“是非成败转头空”！这就是他与苏轼的入世观念恰恰相反的出世观念。

我们这里就不从哲理上深究儒家的入世观念与道家的出世观念之得失了。我们现在谈的是诗歌。诗歌中，入世观念也好，出世观念也好，写得美都好。苏轼的《念奴娇》和杨慎的《临江仙》，无疑都是写得很美的，所以都好，参照着读，相映生辉，那就更好。

高阳台·访媚香楼遗址

沈祖棻

古柳迷烟，荒苔掩石，徘徊重认红桥。锦壁珠帘，空怜野草萧萧。萤飞鬼唱黄昏后，想当时、灯火笙箫。剩年年，细雨香泥，燕子寻巢。

青山几点胭脂血，做千秋凄怨，一曲娇娆。家国飘零，泪痕都化寒潮。美人纨扇归何处？任桃花、开遍江皋。更伤心，朔雪胡尘，尚话前朝。

注释

媚香楼：明末秦淮名妓李香君妆楼　　皋（gāo）：水边高地　　朔：北方

徐徐步入，娓娓道来，古今何异？家国堪哀！近代著名女词人沈祖棻的访媚香楼遗址之作，不唯凄美动人，而且发人深省。

媚香楼，明朝末年名妓李香君所居，位于南京秦淮河上。当时正值清兵入寇，李香君虽一青楼女子，但心系家国。她与名士侯朝宗互相倾慕，侯生赠以诗扇为定情之物，二人一度别离。其间，香君因抗拒南明权贵逼婚，以死相拼，头触案几，血溅诗扇，有友人就血迹绘为桃花，遂得“桃花扇”。此扇当为香君钟情于侯生之见证。不料侯生后来竟变节降清，香君见其薙发改装而来，不胜羞愤，当即撕碎“桃花扇”，以示恩断义绝。这一悲剧在清康熙年间被孔尚任写成著名的《桃花扇》传奇，流传后世，于是媚香楼也因李香君而成秦淮河上著名古迹。直到民国年间，此楼遗址尚可寻访（今已重修），文人题咏不绝，足见李香君以深明大义而流芳千古。

在沈祖棻访媚香楼遗址的年代，日寇已经侵入中国，只是南京尚未沦陷，形势显然与南明相似。所以作者此时访媚香楼遗址，其心情可想而知。也正因为如此，本来就人去楼空的遗址，作者寻来更是满目萧然：在“古柳迷烟，荒苔掩石”的庭院，还残存着当年楼前的“红桥”，但楼中曾经光彩照人的“锦壁珠帘”，还有曾经融入秦淮之夜的“灯火笙箫”，早已荡然无存，只留得“野草萧萧”，“萤飞鬼唱”。更令人伤感的，是一年一度在此筑巢的燕子。它们哪知人世沧桑？哪知这媚香楼已非昔日？春天里，它们依旧飘然而至。它们是这沉寂的遗址上仅存的生灵，是迷茫的寻访者仅有的陪伴。是的，媚香楼已是人去楼空了，“剩年年，细雨香泥，燕子寻巢”。

徘徊在媚香楼遗址，作者怀古思今，心潮难平。

首先浮现在作者怀想之中的，是“桃花扇”上的“青山几点胭脂血”。那“青山”，当是扇面上原来所绘。那“胭脂血”，自然是香君所洒的鲜血。鲜血洒于青山，象征着什么？应该象征着生命献与故国。但可悲的是，香君所钟情的名士，没有这样的精神，于是她付出鲜血所留下的，只是载入《桃花扇》传奇的“千秋凄怨，一曲娇娆”。尤其令她无奈的是，江南半壁不保，明室终于灭亡，“家国飘零，泪痕都化寒潮”。最后，这位深明大义的奇女子，在绝望的痛苦中香消玉殒了。“美人纨扇归何处？任桃花、开遍江皋。”那“开遍江皋”的桃花，就是当年“美人纨扇”上血染的“桃花”啊！花开花落，年复一年，往事如烟。前朝，带着它不堪回首的悲剧和包括李香君在内的众多悲剧人物，远去了。但是，词人沈祖棻所在的当世，历史的悲剧又将重演。“更伤心，朔雪胡尘，尚话前朝。”前朝的“朔雪胡尘”是清兵，当世的“朔雪胡尘”则是日寇。家国何其不幸，历三百年而依然困于“朔雪胡尘”，怎不令人“更伤心”？而这又是为什么？

山水情

如同中国画有山水画，中国古典诗歌也有山水诗。山水诗要写得好，必须诗中有画，也就是以文字描绘出一幅山水画。但是阅读体验告诉我们，凡是感人的山水诗，不仅诗中有画，而且诗中有情。这种“山水情”，首先与中国文化的入世精神和出世精神相关。

诗人以入世精神所创作的山水诗，是把山水与社稷相联系的，其诗中的山水，概念上已经等同于“江山”、“山河”。在这样的山水诗中，诗人所寄托的“山水情”，实际上就是“社稷情”，即诗人因国势兴衰而生发的豪迈之情和忧患之情。比如人们所熟悉的唐诗《登鹳雀楼》（王之涣）：“白日依山尽，黄河入海流。欲穷千里目，更上一层楼。”这首诗一看便是盛唐气象，所抒发的也正是盛唐诗人的豪迈之情。但我们如果看另外一首著名的唐诗，即李白的《蜀道难》，感受就要复杂一些了。这首诗作于盛唐末期，安史之乱前夕。李白在此诗中，既赞美蜀中山水的壮丽，又反复叹息“蜀道之难难于上青天”，最后终于道出了他的隐忧：“所守或非亲，化为狼与豺”。这种“山水情”，就是豪迈中带着忧患，而与当时唐朝的国势相吻合。

诗人以出世精神所创作的山水诗，则还原了山水的本来属性，即自然景物，而诗中所寄托的“山水情”，乃是诗人释放天性，返璞归真之情。所谓归真，也就是回归包括山水的大自然，达到天人合一的境界。南朝的谢灵运，是对山水诗有开创性贡献的诗人。他的作品，就往往在描绘了山水美景之后，篇末点题，吐露其回归自然的出世情怀。比如他的《石壁精舍还湖中作》这首诗，前后就是这样：“昏旦变气候，山水含清辉。清辉能娱人，游子憺忘归……虑澹物自轻，意惬理无违。寄言摄生客，试用此道推。”显然，他是在奉劝世人以“山水”之“清辉”自娱，力求“虑澹”而“意惬”。我们再看一首著名的唐诗《江雪》（柳宗元）：“千山鸟飞绝，万径人踪灭。孤舟蓑笠翁，独钓寒江雪。”这种境界，正是超然世外的天人合一。

当然，还有很多的山水诗，既谈不上入世，也谈不上出世，其诗中的“山水情”，就是诗人的“乡土情”或“游赏情”。这些山水诗虽无特别的深意，但只要写得优美，读来也令人心旷神怡。

观沧海

曹　操

东临碣石，以观沧海。水何澹澹，山岛竦峙。树木丛生，百草丰茂。秋风萧瑟，洪波涌起。日月之行，若出其中。星汉灿烂，若出其里。幸甚至哉！歌以咏志。

注释

碣（jié）石：碣石山，在今河北昌黎　　澹澹：浩茫　　竦峙：高高地挺立

东汉末年，群雄逐鹿，天下大乱。小吏出身的曹操，以参与破黄巾，讨董卓，崭露头角，渐有扫灭群雄，一统天下之志。献帝建安五年，曹操在官渡击败最强大的对手河北袁绍，中原初定。袁绍死后，其二子投辽西胡人之邦乌桓，构成边患。建安十二年，曹操率军历尽艰辛北征乌桓，白狼山一战，斩单于蹋顿，大获全胜。班师途中，经过渤海之滨的碣石山，曹操登山观海，豪情满怀而赋此诗。

在曹操之前，历史上已经有两个伟人先后到过碣石，他们就是秦始皇和汉武帝。秦始皇是在灭亡六国，完成统一大业后，巡视天下而至此的。汉武帝则是在平定四方，国势达于极盛，封禅泰山并北巡辽海而过此的。了解这一历史背景，我们对曹操为什么也要在此登山观海，就应该心领神会了。

所以，此诗的头两句“东临碣石，以观沧海”，给我们的感觉就不是寻常的开场白，而是首先塑造了一个伟人的形象：他像当年的秦皇汉武一样，登高山而望远海，有叱

咤风云的气概，囊括寰宇的雄心。当然，此时的曹操还在创业之中，大功尚未告成，但能取得击败袁绍和征服乌桓这样的重大胜利，足以使他坚信自己定能像秦皇汉武那样功盖当世，名垂千古。

正因为作者这种豪迈的英雄情怀，所以其诗中的“沧海”便无比壮观、神奇。

先看“沧海”的壮观。“水何澹澹，山岛竦峙。”就是海水何其浩茫，山岛高高挺立。这两句犹如揭开了“沧海”的大幕，把浩茫的海水和挺立的山岛共同构成的壮观景象骤然展现出来，使人们不由自主地发出一声惊叹。然后，镜头推近：“树木丛生，百草丰茂。秋风萧瑟，洪波涌起。”我们注意到，这本是“秋风萧瑟”的季节，但山岛上，仍然是“树木丛生，百草丰茂”，生机勃勃，而在山岛之外的海面，“萧瑟”的“秋风”带来的也不是苍凉，而是“洪波涌起”，大气磅礴。如此壮观的“沧海”，正是作者英雄事业的象征。

再看“沧海”的神奇。诗中以上描绘的“沧海”，包括海水和山岛，景象之壮观已令人神往。而接下来还有更令人神往的景象：“日月之行，若出其中。星汉灿烂，若出其里。”这就不仅是壮观，而且堪称神奇了。首先，这里描绘的“沧海”，已经不只是“沧海”本身，而是扩大到了“沧海”之上的日月星辰，并且这日月星辰也不是孤立于“沧海”之外，而是“出”于“沧海”，与“沧海”共同组成宏伟的宇宙景象。此神奇之一。其次，日月星辰这些天体，其运行中所谓“出”于“沧海”，本不可能同时发生，因此也不可能是作者一时所见，但作者在添加了自己的想象之后，把这些相继出现的天体在诗句中汇集起来，从而造成日月星辰似乎同时交相辉映于“沧海”之上的艺术效果。此神奇之二。这种伴随着“日月之行”和“星汉灿烂”的神奇“沧海”，当然象征着作者想象中的未来新天地。

在诗的结尾，作者赞叹“幸甚至哉”，即看到这样的“沧海”景象真是荣幸之至，最后则以“歌以咏志”点题。确实，他满怀豪情地“歌”此“沧海”，就是要“咏”其重兴社稷的英雄志。

诗学界把曹操此诗推为中国山水诗之祖，是不无道理的。而这里所谓“祖”，应该不止是时序概念，重要的还在于此诗的高水平。

敕勒歌

北朝民歌

敕勒川，阴山下。天似穹庐，笼盖四野。天苍苍，野茫茫，风吹草低见牛羊。

注释

敕勒（chì lè）：北朝时期塞外一游牧民族　　敕勒川：当年敕勒民族游牧的草原（今内蒙古土默川平原）　　阴山：在今内蒙古北部　　穹（qióng）庐：牧民所居毛毡帐篷（蒙古包）　　野：读 yǎ　　见：读 xiàn（同“现”）

这是一首古老的民歌，出自北朝时期一个游牧的敕勒民族，唱的是他们自己的家乡敕勒川大草原。这个民族早已消失在历史的长途中了，而这首古老民歌的歌词却流传至今。现在我们读着这歌词，耳边仿佛回响着当年草原上那高亢而苍凉的歌声，眼前也仿佛浮现出那引吭高歌的古装牧人……

这首《敕勒歌》，寥寥数语，质朴无华。那么，千百年来，它究竟是以怎样的艺术魅力流传至今的呢？其实，它的魅力正在于质朴无华：句句是实景，景中自有情。

歌词开头的“敕勒川，阴山下”，初步展现了以阴山山脉为背景的敕勒川风貌。为什么歌词一开头便提到阴山呢？原来，这敕勒川和阴山有着不解之缘：正是横亘在北面的阴山山脉，既遮挡了蒙古高原的寒风，又从山脉中的大青山发源出多条河流。于是敕勒川得天独厚，温暖湿润，自古以来就是塞外水草丰茂的一块宝地。因此，当年的敕勒人在唱着“敕勒川，阴山下”时，他们固然也是在展示自己家乡的风貌，但主要是在赞赏自己家乡的得天独厚。这种赞赏之情在歌词中未见一字，而不言自明。

然后，歌词便开始描绘敕勒川大草原。描绘着眼于“天”和“野”，可谓大手笔，但也只不过前后两笔：

前一笔是“天似穹庐，笼盖四野。”这第一笔，确实写出了大草原上的第一景观。此景观之辽阔、浩大、空旷甚至神秘，不身临其境是很难想象的。有意思的是，草原上牧民所住的帐篷，本是因为形似天穹而被称为“穹庐”的，而现在又反过来说“天似穹庐”。这意味着大草原上的天人合一，也表达了草原人“天之骄子”的豪迈之情。

后一笔是“天苍苍，野茫茫，风吹草低见牛羊。”这第二笔，是第一笔的深化。这里“天”和“野”就不只是“天”“笼盖”着“野”了，而是各有形象：“天”是“苍苍”的，“野”是“茫茫”的。并且，在“天”和“野”之间，还有“风吹草低见牛羊”。这就活了，大草原的特色景观出来了，放牧为生的草原人面对牛羊的喜悦之情也可以想见了。

据说这首歌词原为敕勒人以鲜卑语所作，后来被译成汉文。如果是这样，我们真要感谢当年的那位译者：一是他的译作文辞精到，又不失民歌风，确实译得完美、自然；二是幸好有此汉文译作，才使得这一首珍贵的古民歌没有随失传的语言而失传。

庐山谣寄卢侍御虚舟

李　白

我本楚狂人，凤歌笑孔丘。手持绿玉杖，朝别黄鹤楼。五岳寻仙不辞远，一生好入名山游。庐山秀出南斗旁，屏风九迭云锦张，影落明湖青黛光。金阙前开二峰长，银河倒挂三石梁。香炉瀑布遥相望，回崖沓嶂凌苍苍。翠影红霞映朝日，鸟飞不到吴天长。登高壮观天地间，大江茫茫去不还。黄云万里动风色，白波九道流雪山。好为庐山谣，兴因庐山发。闲窥石镜清我心，谢公行处苍苔没。早服还丹无世情，琴心三迭道初成。遥见仙人彩云里，手把芙蓉朝玉京。先期汗漫九垓上，愿接卢敖游太清。

注释

楚狂人：指春秋时楚国愤世佯狂之士接舆　　凤歌：接舆曾作歌劝阻孔子谋求从政，其歌首句曰“凤兮凤兮”，故谓凤歌　　秀出：挺秀于　　南斗：星宿名（庐山所在地域按古星象学属于南斗分野）　　屏风九迭：喻山峰如屏风重叠立于云间（景在庐山五老峰东）　　明湖：指鄱阳湖　　金阙：原指古时宫门所立双阙，此处喻庐山南之石门。　　银河：喻瀑布　　三石梁：至今无确址，疑为庐山三叠泉瀑布处的石坎。　　香炉：指庐山香炉峰　　回崖沓嶂：曲折的山崖、重叠的山峰　　苍苍：指天空　　九道：传说长江流经浔阳（九江）处分为九道（九派）　　石镜：指庐山东面的石镜山　　谢公：指曾游石镜山的南朝诗人谢灵运　　还丹：道教所称回炉再炼之丹　　琴心三迭：道教所称修炼达到的清心境界　　玉京：道教神灵原始天尊居处　　先期汗漫九垓上：《淮南子·道应训》载，秦时方士卢敖遇异人，欲随之游，异人拒绝，称自己已与汗漫（不可知之神）先期（有约）游于九垓（九天）。　　愿接卢敖游太清：作者对前句典故反其意而用之，在此以卢敖比卢虚舟，表示自己愿意与之同游仙境（意即归隐）。

李白的一生，可以说是自我矛盾的一生。一方面，他自负经纶之材，不甘埋没，志在有为；另一方面，他又狂放不羁，视功名富贵如浮云。也就是说，他一生实际上徘徊于入世与出世之间，而这正是他人生悲剧的根源，也是他诗歌中复杂情感的成因。

李白在给友人卢虚舟寄这首诗时，已届花甲之年。此前他曾积极投身于平定安史之乱，不料受皇族内争的株连被判罪流放，后来幸而遇赦，但政治上显然再无前途。此时的他，精神上也自然地又从入世转为出世。于是他重游庐山，寄情山水，并再挥其神来之笔，写下了这一篇着想超拔、文情并茂的传世之作。

诗的前几句自白，就已经出言不凡，先声夺人。诗人本来是在垂暮之年，失意之后，悄然从江夏赴庐山的。但笔下呈现的诗人，完全是另外一番气概：首先，我不是什么沦落人，而是"楚狂人"，没有谁敢笑我，而是我在"笑孔丘"。离开江夏，是"手持绿玉杖，朝别黄鹤楼"，颇为潇洒。至于重赴庐山一游，那是寻常事，从来"五岳寻仙不辞远"，我"一生好入名山游"。如此气概，只能是出自李白。

诗的主体部分，是中间的一长段写景。读到这一段，我们首先会想起诗人曾经留下的名篇《望庐山瀑布》。而这次他描绘的，已不止庐山瀑布，而是整个庐山，但构思、落笔仍然是那样神奇。

神奇之一，是诗人把庐山置于天地江湖之间来展现，大气磅礴。如"庐山秀出南斗旁"这一句，借星象学上的地域分野，说庐山挺秀于南斗星旁，描绘出来的是何等景象！又如"影落明湖青黛光"，这就引导人们不仅仰望庐山在南天的雄姿，还要俯瞰庐山在鄱阳湖的倒影，于是庐山当然就气象万千了。再如"大江茫茫去不还"，把庐山下的长江也纳入了视野，于是整个庐山的画面又因"大江"的"茫茫"和"去不还"而更增壮气与动感。

神奇之二，是诗人描绘庐山的手法异乎寻常，撼人心魄。如"银河倒挂三石梁"，此句与他当年的"疑是银河落九天"之句，皆出神入化而又各有千秋。他当年是远望香炉峰瀑布，现在是近看三叠泉瀑布。两处瀑布都被喻为"银河"，但远望便"疑是""落九天"，近看则"倒挂三石梁"。试问这样的描绘，还能怎么超过？只能叹为观止！再如"白波九道流雪山"，写的是庐山下的长江九派，称之为"白波九道"，这是可以想象的，但"白波"涌动翻腾，竟成"雪山"之势，则实难想象，但又不失自然。

对庐山如此神奇的描绘，只能出自这位"谪仙"的手笔。

诗的后一部分是抒发归隐之情，意思是既然庐山这样美好，我何不就归隐于此呢？这种归隐之情，本来是带有消极色彩的，但在诗人的笔下，归隐成了羽化登仙，不仅不消极，而且还很浪漫："遥见仙人彩云里，手把芙蓉朝玉京。先期汗漫九垓上，愿接卢敖游太清。"这样的抒情，又是一种神奇，并且和前文写景的神奇形成呼应，浑然一体。最后我们可以说，李白此诗读来，终篇皆神来之笔！

山居秋暝

王　维

空山新雨后，天气晚来秋。明月松间照，清泉石上流。竹喧归浣女，莲动下渔舟。随意春芳歇，王孙自可留。

注释

秋暝（míng）：秋天的黄昏　　浣（huàn）女：洗衣女子　　随意春芳歇，王孙自可留：《楚辞》有“王孙游兮不归，春草生兮萋萋”句，后世诗人便以“王孙”代指留恋春色的远游或隐居之士。这里作者则以“王孙”代指自己，而意思是说任凭春天已过，山里宜人的秋色仍使自己愿意居留在此。

在盛唐诗人中，王维尤其热爱自然、崇尚淡泊。他的一些山水诗颇为清新，这首《山居秋暝》便是典型。此诗文字很平易，但手法却很高超，其清新的意境，正是出自平易中的高超。全诗的四联，可以说每一联都是这样的妙笔。

第一联“空山新雨后，天气晚来秋”，说的是夏末的山中下了一场新雨，晚上便觉已是秋天。这看似平淡无奇的开头，实际上已经展开了全诗的清新意境，其关键的信息则在于“新雨”。人们都有体会，在夏秋之交的残暑中，一场新雨最为可喜：送走了恼人的长夏，迎来了宜人的新秋。所以，此诗以“新雨后”开头，首先就赋予“山居秋暝”一种宜人的清幽之感。而从诗的后文来看，诗人所具体描写的“山居秋暝”，正是清幽的景象。看来此诗开头的这一场“新雨”，真是下得好，可谓及时雨。

第二联“明月松间照，清泉石上流”，这就是诗人描写的山中“新雨后”的清幽景象，也是此诗脍炙人口的精华之句。这两句，以简单的句式，描写寻常的景物，但呈现在人们眼前的却是一幅美妙的图画。果如人言，王维“诗中有画”。这一诗中画的奥妙，有两个方面：一是诗人的艺术鉴赏力强，能在当时的各种景象中敏锐地抓住“明月松间照，清泉石上流”这样的美妙镜头；二是诗人的语言表现力强，面对上述的美妙镜头，能用“明月松间照，清泉石上流”这样简洁、形象的语言描写出来。对这一名联，我们如果进一步品味，那么“明月松间照，清泉石上流”的景象，除了清幽，是否还有清澈，清冽？总之，诗中“空山新雨后”的清秋，怎一个“清”字了得！

第三联“竹喧归浣女，莲动下渔舟”，这也是诗人描写的山中“新雨后”的清幽景象，其特点是有人的活动穿插其中。因为白天下雨，晚上放晴，于是山脚下的池塘边就有村姑来洗衣服，渔夫来捕鱼。而诗中描写的，是他们活动的片段。“竹喧归浣女”：暝色中，村姑们洗完衣服提篮回家，穿过竹林时笑语喧哗。“莲动下渔舟”：月光下，渔人解缆放舟，转眼间隐入荷叶丛中，唯见荷花摇动。显然，这些山中人的活动，不但没有打破、反而更衬托了山中的清幽。并且，竹林外闻村姑之笑语而不见其人，池塘里荷花摇动而无渔舟踪影，这都在清幽之中又生出幽微、幽深的美感。

第四联“随意春芳歇，王孙自可留”，表达了诗人对山中清秋美景的由衷赞赏和深深留恋。但这两句如果联系诗人的思想和经历来品味，便觉还有言外之意。“随意春芳歇”，字面上是说任凭春天过去后芳华不再，而实际上是暗喻自己已对功名富贵在所不惜。“王孙自可留”，字面上是说这山中的清秋美景值得在此流连，而实际上是暗喻自己已决意归隐于山林之下。王维的一生，半仕半隐，晚年甚至信佛。他在这首山水诗的末尾流露归隐之意，是很自然的。

秋日赴阙题潼关驿楼

许　浑

红叶晚萧萧，长亭酒一瓢。残云归太华，疏雨过中条。树色随关迥，河声入海遥。帝乡明日到，犹自梦渔樵。

注释

阙：古时官门两边的瞭望楼，这里代指京城。　潼关：在今陕西省潼关县，古时为关中门户。　驿楼：即驿館，古时传递公文、接待官员之所。　长亭：古时官道上每十里所建之亭　太华（huà）：华山，在今陕西省渭河南。　中条：中条山，在今山西省西南。　迥（jiǒng）：远　帝乡：京城，这里指长安。

许浑是晚唐诗人。他的仕途中，曾有先为地方官，一度在家乡病休，然后又调任京官的经历。这首诗可能是他奉调赴长安任职，途经潼关时所作。据说当时他与一位出京的友人在潼关不期而遇，故诗中有“长亭酒一瓢”之句。但此诗不以饯别为主题，而重在写关中气势，且风格直追盛唐，在晚唐诗中独具特色。

此诗一开头就大有文章：是秋天，但关中“晚萧萧”的不是“黄叶”，而是“红叶”，一字之差，气象迥异。可以设想，如果诗的开头是“黄叶晚萧萧”，那后面的诗句都要改，全诗的基调要变成一片衰飒、悲凉。可是作者此时的心境不是这样。作为一个地方官，病休后即奉调入京，任职于朝廷，事业上别开生面，这当然值得庆幸。心境的开朗，决定了他眼前景象的祥和。虽季节逢秋，天色向晚，但他途中所见，首先是耀眼的红叶。这红叶，红遍关中，正与晚霞辉映，纵然“萧萧”，也是与金风和鸣。

接下来的两联，便是作者顺理成章地描写关中雄伟的气势。古时所谓关中，指函谷关以西地区，主要是渭河流域，秦汉隋唐先后建都于此。潼关，位于渭河汇入黄河处，南有太华山，北有中条山，是通向渭河流域的隘口，即关中门

户。作者一到此地，就被这襟带山河的雄伟气势所吸引，不由得诗兴大发。于是以“红叶”起兴后，便依次咏叹构成关中雄伟气势的三要素：山，原，河。

首先是山，即太华、中条二山：“残云归太华，疏雨过中条。”从句式上，这两句似乎在写“残云”和“疏雨”，实际上则是以“残云”和“疏雨”来为“太华”和“中条”配景，使这两座山脉在云、雨的映衬下显得更加雄伟壮观。这就像盛唐诗人崔颢的“武帝祠前云欲散，仙人掌上雨初晴”之句一样，云、雨虽为句中主语，实为配景。

然后是原，就是关中平原，人称八百里秦川。这里作为大唐王朝的腹心地带，其气象，当是帝王气象。而按照中国的传统观念，这种气象首先是京畿之地要林木葱郁，即所谓“气佳哉，郁郁葱葱然！”于是，“树色随关迥”这引人遥望如此气象的一句，便应运而生了。

再就是河了。河，就是黄河。但作者写黄河，出人意料地既不写形，也不写色，而只写声：“河声入海遥”。我们知道，潼关附近的黄河，才刚刚流完河套而折向东行，离入海口还有一两千里。在这里闻“河声入海”，岂止是“遥”，简直是遥不可及。这是何等想象力！

最后，让我们把上述两联一气读下来：“残云归太华，疏雨过中条。树色随关迥，河声入海遥。”如此雄浑的气象，确实近于盛唐诗人之作，使人不由得联想起崔曙的“三晋云山皆北向，二陵风雨自东来”，王维的“云里帝城双凤阙，雨中春树万人家”……

诗的最后一联“帝乡明日到，犹自梦渔樵”，显然与作者赴京之前在家乡病休的一段生活有关。当时，他算是与“渔樵”相近的，也许颇有一种返璞归真的乐趣。但他的身份毕竟不是乡下“渔樵”，而是朝廷命官，接到调令，那是必须动身的，况且赴京任职，也是风光之事。所以他此时的心情，是多少有些矛盾的，以至明天就要到京城了，晚上还梦见家乡的“渔樵”风情。读到此，也令人不胜感慨。

书李世南所画秋景（其一）

苏　轼

野水参差落涨痕，疏林欹倒出霜根。浩歌一棹归何处？家在江南黄叶村。

注释

落：此处意为留下　　欹（qī）倒：倾斜　　棹（zhào）：船桨，代指船。

此诗本是苏轼在当时的画家李世南的《秋景平远图》上所题，后来广为流传。其文辞蕴含丰富，令人读来想象不尽，兴味无穷。

先看诗的前两句：第一句“野水参差落涨痕”，“野水”何以“参差”？我们想象，这“野水”在春夏季节曾淹没了岸边的许多浅滩，茫茫一片。但到了秋天，进入枯水季节，那些原本参差不齐的浅滩都露出来了，于是“野水”的边际线也参差不齐了。同时，“野水”还“落涨痕”，那当然是由于秋天水位降低，春夏水涨时的痕迹明显地留在了岸边。第二句“疏林欹倒出霜根”，“疏林”为什么会“欹倒”？我们又想象，这还是由于秋天水位降低，岸边的土壤松动，故树木易于被风吹倒，而露出的根系在霜天里仍显得苍劲有力，体现了其生命的顽强。于是，诗的这前两句所描绘的水乡，虽为秋天的景象，但又使我们想象到春夏的踪影，从而一幅静态的画面被写活了。

再看诗的后两句：“浩歌一棹归何处？家在江南黄叶村。”这两句显然是此诗的出彩之句。我们被这两句所调动的想象，已经从自然景观升华到了人文精神。

据画家的孙子李皓的说明，其祖父在这幅画中确实画了“一舟子张颐（引吭）鼓枻（摇桨）作浩歌之态”，故苏轼题诗有“浩歌”之语。李皓以此指出，当时流行的刻本中把“浩歌”改为“扁舟”，“甚无谓也”，即毫无意义（见南宋邓椿《画继》卷四）。实际上，至今刊行的有关书籍多数还在以讹传讹地照抄“扁舟”。对此，本文就不与评说了。我们现在需要关注的，是李皓所述画中的舟子鼓枻浩歌的形象所藏之玄机，以及苏轼诗中这后两句所寄之情怀。

品读经验告诉我们，对于中国古典诗画中出现的“渔樵”一类的人物，一定要留心作者赋予他们的真实身份。《楚辞·渔父》中的那位“渔父”，在以高论对屈原开导了一番之后，“鼓枻而去”，接着便高歌其“沧浪之水清兮……”。此高论、高歌者，无疑是以“渔父”隐于江湖之高士，即为“渔隐”。而李世南在其《秋景平远图》中所画的鼓枻浩歌的舟子，显然也是这种“渔隐”。这体现了中国士大夫文化的传承。由于神秘“渔隐”的出现，此画中“野水”、“疏林”已成衬托，画题无形中也由“秋景平远图”变为“秋江渔隐图”。正是这个“渔隐”的形象，引出了苏轼诗中精彩的后两句。这两句是围绕“渔隐”将“归何处”的自问自答。但是既为“渔隐”，当然身在江湖，何必还问其“归何处”呢？而其所答之“江南黄叶村”，又是何意？于是我们的想象又被启动了。历来诗缘情，好诗必缘于真情。莫非诗人之咏“渔隐”，实为夫子自道？史载苏轼在神宗朝因反对变法而遭贬斥，后来他心灰意冷，看上江南的常州是理想的终老之乡。他正欲告老辞官之际，神宗驾崩，年幼的哲宗继位，其祖母高太后垂帘听政。高太后一向反对变法，故苏轼又被召回朝廷任职。但此时朝廷的盲目复旧和日益腐败，又为苏轼所不满，于是守旧派也不容他。而他在李世南的画上题诗，正是此时。这就是他自问“归何处”的原因。又因为他早已有心在常州终老，所以其自答“江南黄叶村”，是最为贴切而又富于诗意的了。我们想象到此，便觉那“野水”、“疏林”渐已远去，“渔隐”也不再神秘，只领会得诗人的出世情怀了。

“浩歌一棹归何处？家在江南黄叶村。”诗人这神来之笔实在是太美了！读此两句，我们不由得忆起李白的那些经典的神来之笔：“两岸猿声啼不住，轻舟已过万重山”，“孤帆远影碧空尽，唯见长江天际流”，“飞流直下三千尺，疑是银河落九天”……是的，这两位大诗人都有出神入化之奇才，他们各领一代风骚。苏轼就是宋朝的李白。

鄂州南楼书事

黄庭坚

四顾山光接水光，凭栏十里芰荷香。清风明月无人管，并作南楼一味凉。

注释

芰（jì）：即水生植物菱　　南楼：宋代建于鄂州（今武昌）黄鹄山（今蛇山）

中国古代诗人素有山水雅兴。但是，在“士志于道”的儒家思想支配下，他们作为“士”，是必须“志于道”的。其“道”，即儒家“治国平天下”之道。也就是说，他们首先要从政，只有在仕途失意后赋闲或归隐时，他们才有可能寄情于山水。此时，他们的精神从入世转为出世，会有一种如释重负的解脱感，因此往往能写出清新、秀逸的诗篇。我们现在品读的，就是这样的诗篇。此诗作者黄庭坚，是著名的宋代诗人，出苏轼门下，开“江西诗派”，但其仕途坎坷，屡遭贬斥。这首诗即为他闲居鄂州时所作。

此诗的文字很平易，这是由诗的内容所决定的。诗写的是一个闲居的士大夫，夏夜在一处依山傍水的楼台上纳凉。试想这样淡泊的内容，不正宜于平易的文字吗？但是平易不等于平淡，此诗恰好是极富诗味的佳作。

黄庭坚此诗，诗味何在？就在于诗的后两句所表达的他在夏夜南楼的特殊感受。当然，诗的前两句无疑是很美的：又是山水之光影，又是芰荷之香气，确实美不胜收。任何人身临其境，都会心旷神怡。但正因为是任何人都会有的共同感受，所以也就是一般的感受。那么，诗人黄庭坚在此时此境又有什么特殊的感受呢？

首先，从诗的第三句看，他注意到了山水、芰荷之外的清风、明月对于当时境界的作用：何以会有“山光接水光”？明月高照也。何以会有“十里芰荷香”？清风徐来也。所以，仅就自然境界而言，诗人的感受已比一般人深了一层。

再有，诗的第三句提到清风、明月，说的是“无人管”。这显然就超出自然境界而有弦外之音了。实际上，只要联想到诗人的仕途坎坷，我们便能心领神会：官场生涯，羁绊重重，事事都有人管着，动辄得罪，稍具个性者即感压抑，何况诗人。难怪李白有名句曰：“安能摧眉折腰事权贵，使我不得开心颜！”正因为黄庭坚对此有切身体会，所以他在诗中借题发挥，以咏叹清风、明月的“无人管”，来表达自己对自由的向往，以及对眼下闲居生活的怡然自得。诗人此时的心里话，如果用直白的语言说出来，就是：这也受管，那也受管，现在我与清风、明月为伴，总该“无人管”了吧？

最后，在诗的第四句，诗人又借清风、明月，以双关语道出自己的理想境界：“一味凉”。这为什么是双关语呢？因为此诗直接写的是南楼夏夜，所以清风、明月直接形成的是“南楼一味凉”，即南楼的一片清凉。但诗人已经把这清风、明月说成是“无人管”的了，即人世化了，所以“一味凉”对于诗人就不仅是指身体感受，更主要的是指精神感受。这里所谓“凉”，实际上就是心情爽快。

“清风明月无人管，并作南楼一味凉。”现在再来吟诵诗的这后两句，我们是否已品出其中的诗味呢？又是否体会到诗人在这南楼夏夜的感受确实不同一般呢？

晓雨复登燕子矶绝顶

王士禛

岷涛万里望中收，振策危矶最上头。吴楚青苍分极浦，江山平远入新秋。永嘉南渡人皆尽，建业西风水自流。洒酒重悲天堑险，浴凫飞雁满汀洲。

注释

燕子矶：南京城北长江边著名石崖　　岷涛：指长江（古代误认岷江为长江正源）　振策：扬鞭走马　　危矶：江边高高的石崖　　分：分出　　极浦：遥远的水滨（这里指长江两岸）　　永嘉南渡：西晋怀帝永嘉五年胡人陷洛阳，晋室南渡，是为东晋。此处借喻明末清兵陷北京后，福王在南京建南明小朝廷。　建业西风：指六朝亡国。此处借喻南明的灭亡。　浴凫（fú）：水鸟（俗称野鸭）

明朝在满清和李自成的夹攻下灭亡以后，其宗室有一福王逃到江南，在南京建立了南明政权，年号弘光。由于腐败、内讧，小朝廷次年即覆亡。清朝初年，许多汉族士大夫虽已入仕，但由于民族意识尚存，仍然念念不忘故明，并因此而恨弘光政权太不争气。当时的大诗人王士禛，就是这样的汉族士大夫。这首诗是他的代表作之一，诗中既描写了江山胜景，又抒发了黍离悲情。

南京燕子矶在长江边，所以诗人还没有登上绝顶，就已经“岷涛万里望中收”了。继而，“振策危矶最上头”，即走马登上燕子矶绝顶之后，视野更加开阔，于是诗人凭高望远。而这正是最难写的：举目所见，江天浩浩，大野茫茫，以诗句的有限文字，该写什么？但是这个难题，在大诗人的笔下，只一联，便豁然开朗：“吴楚青苍分极浦，江山平远入新秋。”这一联，可以说要气势有气势，要诗味有诗味。首先观其气势，“青苍”的“吴楚”大地，“平远”的“江山”景象，俨然一幅宏阔的山水长卷。并且，“吴楚”大地于“青苍”之中“分极浦”，即分出一带长江之滨；“江山”景物以“平远”之形“入新秋”，即进入新秋空明境界。这就调动了人们的想象而饶有诗味了。这一联以高格雅调，传世至今，不愧名联。

如此江山，本当令人心情开朗，精神振作。但我们的诗人在这南京的江岸登高望远，其所望之“江山”，从一开始就不仅是自然的“江山”，而且是政治的“江山”。他耿耿于怀的，是这南京城里当年弘光政权的昏君奸臣断送了大明的江南半壁。如今，他们已作鸟兽散。故诗人叹曰：“永嘉南渡人皆尽，建业西风水自流。”其实，南明的弘光朝，远不如晋朝的“永嘉南渡”。晋朝永嘉五年南渡后，国祚尚延续了百余年，史称东晋。而南明的弘光朝不过一年。至于“建业西风”，即包括吴、东晋、宋、齐、梁、陈的六朝之覆亡，立国最短的齐朝也有二十三年。所以诗人以这些前朝的“人皆尽”、“水自流”来影射南明弘光朝，表达的已经不止是感慨，而且还有愤恨。但是感慨也好，愤恨也好，往事已经一去不复返了。人们只能在这南京江头，“洒酒重悲天堑险”。昔年六朝覆亡，人们对长江“天堑”之无济于事，想必是“悲”过的。未料如今还要“重悲”一次，因为这个“天堑”也没有保住南明。看来国之安危，还是系于大政，系于人心，而任何“天堑”都是不足为凭的。

诗的最后给我们留下一幅画面：燕子矶头，水天空阔，“浴凫飞雁满汀洲”。这画面犹如人们熟知的“青山依旧在，几度夕阳红”，无声地诉说着古往今来，带着一种淡淡的哀伤……

田園情

中华民族自古就是一个农耕民族。田园，从来是这个民族的立身之本。务农者自不待说，即便是士大夫，也与田园有着不解之缘。在科举制度下，相当多的士大夫本来就出自农家，其宦游的归宿，通常也是“告老还乡”。正是与田园的这种天然联系，凝结了中国士大夫特有的田园情。中国古代诗歌中别具一格的田园诗，抒发的就是士大夫的田园情。这种田园情，总的来说就是对田园生活的一种亲和之情。而我们如果对这些田园诗仔细品读，还会领略到其中的田园情不尽相同，各有风味。

有一种田园情，是诗人向往田园生活的自由自在。当然，这种向往的背后，往往是对现实的不满，对官场的厌倦。东晋的陶渊明，就是因此而弃官务农并成为田园诗人的。他在诗中写道：“羁鸟恋旧林，池鱼思故渊。”也就是说，他在官场中感到像“羁鸟”和“池鱼”一样受束缚，因此渴望回到“旧林”和“故渊”，也就是田园，以重获自由。至于生活将会清贫，他毫不介意：“先师有遗训，忧道不忧贫。”意思是他要遵循孔夫子的遗训，为了信念，甘于清贫。后来，他果然在清贫的田园生活中自得其乐，觉得“此中有真意”，“不乐复何如”？

也有一种田园情，是诗人身处田园后，爱上了田园生活，感受到了农家乐。这实际上体现了诗人的率真品性。比如南宋的辛弃疾，本是志在抗金报国、建功立业的，但因为不受朝廷重用，闲居乡下二十年。而正是在此期间，他写出了一些极富田园生活气息的作品。在一首词中，他这样描绘他的三个儿子："大儿锄豆溪东，中儿正织鸡笼。最喜小儿无赖，溪头卧剥莲蓬。"好一幅农家乐的生动画面！

还有一种田园情，是诗人虽未亲身介入田园生活，但出于仁爱之心而对农家、农事怀有真诚的关切，忧喜系之。南宋的范成大就是这样一位田园诗人。他有一首描写农家秋收后连夜打稻的诗："新筑场泥镜面平，家家打稻趁霜晴。笑歌声里轻雷动，一夜连枷响到明。"从诗中可以明显看出，诗人是在热情地讴歌丰收，同时也分享着农家的喜悦。作为士大夫而有这样真挚的田园情，确实难能可贵。

以下，我们就选读几首田园诗的代表作，品味其中的田园情。

归田园居（其一）

陶渊明

少无适俗韵，性本爱丘山。误落尘网中，一去三十年。羁鸟恋旧林，池鱼思故渊。开荒南野际，守拙归田园。方宅十余亩，草屋八九间。榆柳荫后檐，桃李罗堂前。暧暧远人村，依依墟里烟。狗吠深巷中，鸡鸣桑树颠。户庭无杂尘，虚室有余闲。久在樊笼里，复得返自然！

注释

适俗：适应世俗　丘山：指大自然　韵：此处指性情　三十年：十三年之误　羁鸟：笼中之鸟　守拙：安于自己的愚拙（谦词）　方宅：院落　荫（yìn）：树阴覆盖（动词）　罗：排列　暧暧、依依：隐约　远人：远处人家　墟里：村落　烟：指炊烟　虚室：简洁的居室　余闲：清闲

在中国诗歌史上，陶渊明是继屈原之后的又一伟大诗人，也是第一位田园诗人。他生活于东晋末年与南朝宋之间，政局的黑暗、动荡以及他个性的清高、淡泊，导致他辞官归隐，躬耕田园。这首《归田园居》，显然是诗人归隐田园后不久所作，诗中把乡居的情景娓娓道来，怡然自得之感溢于字里行间，文情并茂，为陶诗代表作。

陶渊明的这首诗，一个明显的特点是直抒胸臆，这也是其人之率真使然。他写自己“归田园居”，首先就表明心迹：身为士大夫，自己为什么要“归田园

居”？原来，他从小就与众不同，生性难从世俗，而热爱自然。对于别人求之不得的仕途，他经历十三年后的体会竟然是“误落尘网中”。在官位上，别人的感觉是人上人，而他的感觉却是“羁鸟”、“池鱼”，总想回到“旧林”、“故渊”，也就是归隐田园。其实他在家乡并无多少田产，但他宁可“开荒南野际”，也要“守拙归田园”。这里所谓“守拙”，表面上是谦词，实际上是讽刺：我乃愚拙之人，为官之道太深奥了，本人学不会，还是安分守己，回家种田吧。史载陶渊明是在县令任上辞官的，而辞官的直接原因是上级有个巡视官要来，县令必须整冠束带，大礼参拜。对官场这一套早已不耐烦的大诗人，终于就此挂冠而去了。

那么，归来以后，诗人对“田园居”的感受究竟如何呢？在此诗中，这是一大段描写。描写中，诗人竟把他的“田园居”从院子说到房子，从房后说到房前，甚至从狗说到鸡。我们试想，一个人如果不是在说自己称心如意的事，他会这样津津乐道吗？所以我们可以确信，这位率真的诗人，又在直抒胸臆了，他对自己的“田园居”太满意了：

“方宅十余亩，草屋八九间。”不要小看这简朴的农家院落，这可是诗人梦寐以求的“田园居”啊！入其中，泥土与茅草的气息，令诗人顿觉返璞归真，神清气朗。这种感受，俗人岂能理解？

“榆柳荫后檐，桃李罗堂前。”榆柳，桃李，皆乡土花木，却赋予“田园居”清新的生气，也正符合主人质朴的情趣。而那些富贵人家的所谓“姹紫嫣红开遍”，诗人是反以为俗气的。

“暧暧远人村，依依墟里烟。狗吠深巷中，鸡鸣桑树颠。”这是诗人在“田园居”中的远望和近闻。远望村落、炊烟，隐约却很耐看；近闻狗吠、鸡鸣，有声却更恬静。此境界只属“田园居”人。

“户庭无杂尘，虚室有余闲。”这两句颇为耐人寻味。其实，不是“户庭无杂尘”，是心“无杂尘”；不是“虚室有余闲”，是心“有余闲”。心“无杂尘”故“有余闲”，淡泊名利方甘于“归田园居”。

到此，诗人已淋漓尽致地赞叹了自己的“田园居”，充分表达了自己辞官归隐后的喜悦心情。最后，作为诗的结尾，他又一次率真地直抒胸臆，也仿佛是吐了一口长气：“久在樊笼里，复得返自然！”

过故人庄

孟浩然

故人具鸡黍，邀我至田家。绿树村边合，青山郭外斜。开轩面场圃，把酒话桑麻。待到重阳日，还来就菊花。

注释

过：访　具：备　鸡、黍：指农家待客之肴馔　合：围合　郭：城　轩：窗　面：对　场圃：谷场　桑、麻：指农作物　就菊花：赴此地赏菊

邀孟浩然到庄上来访的这位“田家”朋友，看来像是邀李白到桃花潭一聚的“村人”汪伦。李白临行时赠汪伦以诗。而孟浩然这首诗看来也是赠其“田家”朋友的。李白那首诗，以“桃花潭水深千尺，不及汪伦送我情”之名句传世。孟浩然此诗也有传世之名句，就是“开轩面场圃，把酒话桑麻。”两家的名句各以真情感人，李白表达的是友情，孟浩然表达的则是田园情。

这田园情在诗的第一联就开始洋溢了。中国乡间，自古有杀鸡待客的风俗，也有以黍米为主食的传统。所以，作为一首田园诗，诗人以“故人具鸡黍，邀我至田家”开篇，真是深得艺术之法。艺术就是要以典型形象反映生活。而备办鸡、黍，以迎贵客，显然就是一种典型的田园生活情景，令人感受到浓浓的田园情。

在朋友的盛情邀请下，诗人便欣然前往了。“绿树村边合，青山郭外斜。”这一联并不是单纯写入村时所见之景，诗人实际上是通过写景来表达对田园的热爱，和受邀前往时的愉快心情：近看，多株绿树环绕村边；远望，一带青山蜿蜒城外。如此优美的自然风光，真令人向往田园生活！

终于到了朋友的田庄，执手言欢自不待说。堂上坐定，于是“开轩面场圃，

把酒话桑麻”。“开轩”就“面场圃”，这正是真真切切的田庄风貌；“把酒”只“话桑麻”，不失为地地道道的农家情怀。这一联，确实把田园写活了，也把诗人及其朋友的田园情写活了。可以想象，诗人的这位朋友，虽在田家，但既与诗人相交，岂是寻常农人？十有八九与诗人一样，也是隐者，只不过诗人隐于山林，朋友隐于田园而已。这朋友不一定常写诗文，但读书人出身是无疑的。此日相逢，二人也未必无一言谈及其他，只是他们的主要话题是“桑麻”。这就耐人寻味了。看来诗人和他的朋友都是真诚的隐者，在田家相聚，就谈田家事，什么道德文章之类的士大夫关注，都已忘却了。正因为“开轩面场圃，把酒话桑麻”这一联中如此淳朴的田园情，孟浩然的《过故人庄》成为唐代田园诗的代表作。

还有值得称道的，是这首诗高超的结尾：“待到重阳日，还来就菊花。”此联之高超，在于暗用陶渊明爱菊之典（陶诗有“采菊东篱下，悠然见南山”之名句）。这样结尾，诗人既给自己的作品留有余味，即重阳再来赏菊，又含蓄地赞扬了朋友，即把他与归隐田园的陶渊明相比拟。由于这一尾联，此诗的田园情可谓洋溢终篇。

社　日

张　演

鹅湖山下稻梁肥，豚栅鸡栖对掩扉。桑柘影斜春社散，家家扶得醉人归。

注释

社日：古代祭祀土神的日子，春秋两季各有之，称春社、秋社。社日还有村民的欢庆活动，包括聚宴。　鹅湖山：在今江西省铅山县　稻粱：指谷物　豚栅（túnzhà）：猪栏　鸡栖（qī）：鸡窝　桑、柘（zhè）：叶子可养蚕的两种树木　影斜：树影因太阳偏西而倾斜

张演是晚唐诗人，《社日》是其传世名篇。读此篇，一幅中国古代乡村的风俗画，历历在目，栩栩如生。

作为农耕民族，国人自古信奉土神，称之为“社”。“社日”即为祭祀土神之日，包括春季的“春社”和秋季的“秋社”。祭祀活动同时也伴随着吹吹打打的欢庆活动，“春社”欢庆农事新启，“秋社”则欢庆五谷丰登，欢庆中村民还集体聚宴。这一风俗盛行于唐宋时期，张演此诗反映的正是这一风俗。

那么，作为名篇，此诗到底有何不同凡响之处呢？

按照常理，既然是写“社日”，当然要写“社日”的活动，包括祭祀活动和欢庆活动。但诗人张演的写法则不然。他的这首诗，竟无一字正面描绘“社日”的活动场面，却又让人强烈感受到了这场活动的盛况。这就奇了。我们还是来看一看诗人到底写了些什么吧。

原来，诗一开始所写的，是举办“社日”活动的村子得天独厚的富饶：“鹅

湖山下稻粱肥”。鹅湖山为武夷山北部支脉，其下是武夷山与怀玉山之间的盆地，信江经此西流，气候温暖湿润，故此地宜耕作而“稻粱肥”，应该是个丰衣足食之乡。

接下来写的是，村民都离家去参加“社日”活动了（活动一般是在祠庙前的场地上举行），村中只见“豚栅鸡栖对掩扉”，也就是家家的猪栏、鸡窝对着虚掩的门户。猪栏、鸡窝当然象征着六畜兴旺，门户虚掩则意味着四季平安。好一派宁静、祥和的田园景象！

到此，我们尽管没有看到关于村民“社日”活动的直接描绘，但是已经可以想象其盛况，因为此地的村民既然生活得这样好，他们当然有兴致也有条件把“社日”活动举办得热热闹闹。

那么，这场“社日”活动的实际情形，是不是符合我们的想象呢？这个问题，诗中自有交代。但交代的方式，不是转为直接描绘，而仍然是间接描绘，并且所描绘的竟是活动结束以后的情景：“桑柘影斜春社散，家家扶得醉人归。”从这两句可以看出，这场“春社”，一直闹到日落西山方才罢休，许多人在最后的聚宴中开怀畅饮而酩酊大醉。显然，这是活动的场面盛大、内容丰富、参与者人人兴高采烈所致，否则怎么会如此？诗读到这里，我们还需要对“社日”活动的直接描绘吗？

其实，像古代的“社日”这种群众活动场面，要直接描绘，真还不易，弄不好会事倍功半。而张演此诗的这种间接描绘，把更多的想象空间留给读者，反而还事半功倍。生活经验也告诉我们，有许多事物，让它存在于我们的想象中，也许比真真切切更为美妙。在这个意义上，可以说没有想象空间就没有艺术。而我们中国的传统艺术，如诗歌、绘画，戏曲等，就是特别能够调动人们想象力的艺术。

村　行

王禹偁

马穿山径菊初黄，信马悠悠野兴长。万壑有声含晚籁，数峰无语立斜阳。棠梨叶落胭脂色，荞麦花开白雪香。何事吟余忽惆怅？村桥原树似吾乡！

注释

信马：任由马行走　　野兴：野游之兴　　壑（hè）：深山沟　　籁：自然界的声响
棠梨：一种落叶乔木　　荞麦：一种杂粮　　吟余：吟诗之后

王禹偁（chēng），北宋初年文学家、诗人。他以农家子登进士第，因正直敢言而仕途坎坷。其诗学唐代白居易，风格朴实，贴近民生。这一首《村行》作于他贬官期间，是其代表作之一。

从诗中看，诗人所游的是一个山村，所写的是山野和田园初秋傍晚的景色以及诗人的思乡之情。全诗的意境在于恬静。

恬静，看似诗人笔下的山野田园，实为诗人自己的心态。

一个失意的士大夫，到郊外观观景，散散心，这是寻常事。但是观景、散心时能忘却烦恼，心态始终如山野田园一般恬静，这就不寻常了。而王禹偁正是如此。我们且看他这首诗是怎样写的：

诗的头一句“马穿山径菊初黄”，交代了诗人此游的地点（山村）和季节（初秋）。然后第二句“信马悠悠野兴长”，显示出诗人气定神闲的风采，也揭开了“山行”一诗的序幕，同时为诗人即将描绘的山野田园之景定下了恬静的基调。

“万壑有声含晚籁，数峰无语立斜阳。”这一联文字平易，但诗艺高超。其高超，就在于把“理所当然”写得饶有兴味。试想，“万壑”既“含晚籁”，当然“有声”；“数峰”自“立斜阳”，当然“无语”。把这样“理所当然”的情景写出来，似乎是废话。但是我们在吟诵“万壑有声含晚籁，数峰无语立斜阳”这一联时，却情不自禁地为其优美的造句和隽永的诗味击节叹赏。我们丝毫没有感到这是“废话”，恰恰相反，我们感到这两句诗把山野的恬静写得惟妙惟肖。

“棠梨叶落胭脂色，荞麦花开白雪香。”这一联文字似乎更为平易，甚至对仗都不是很工（“胭脂”与“白雪”），但读来却十分亲切可喜，因为其所描绘的景色已更为细致并体现出田园特色。细心的读者还会注意到，此联中提到的棠梨叶和荞麦花，应是诗人精心选材的，为的是在色调上形成红白映衬的美妙效果。显然，诗人有一种美化田园风光的意愿，而这又是出于他对恬静的田园生活的热爱。我们看到，这种感情在诗的尾联终于直接吐露出来了。

“何事吟余忽惆怅？村桥原树似吾乡！”此诗最后以这样的感叹结尾，可谓意料之外，情理之中。所以为意料之外，是因为诗人这一番山野田园之游，观美景，吟华章，怡然自得，何来“惆怅”？而所以为情理之中，则因为此时的诗人，显然已萌生归田之志，见“村桥原树似吾乡”，触景生情，当然难免“惆怅”。而其“惆怅”之情，就是思乡。我们最后回味此诗：恬静的诗人，恬静的“村行”，一路“信马悠悠野兴长”，尾声也只是一缕思乡的“惆怅”，终不失恬静。

游山西村

陆　游

莫笑农家腊酒浑，丰年留客足鸡豚。山重水复疑无路，柳暗花明又一村。萧鼓追随春社近，衣冠简朴古风存。从今若许闲乘月，拄杖无时夜叩门。

注释

山西村：镜湖三山乡（陆游所居）以西的村子　腊酒：腊月所酿的米酒　鸡豚（tún）：鸡与猪（代指肉食）　萧鼓追随：吹箫击鼓不断　春社：春季祭祀土神之日　若许：如有机会　拄（zhǔ）杖：扶着拐杖　无时：随时

“山重水复疑无路，柳暗花明又一村。”这一联，国人已是家喻户晓。而此联所出的陆游这首《游三山村》，正是中国古代田园诗的名作。陆游一生怀抗金报国之志，始终未得施展，且屡次罢职归乡。这首诗，作于诗人较早的一次乡居期间，是他有感于当时乡村朴实淳厚的民风而作的。

现在的人们可能很难想象，中国古代农村曾长期流行着一种丰年待客的民俗，所待之客包括素不相识的路人，这些路人可以随意参加村民“社日”期间的聚宴。所谓“社日”，是祭祀土神之日，包括春秋两季的“春社”和“秋社”。直到清末民初，“社日”在民间早已淡出，但南方的一些乡间，农历的正月和八月，仍可见有的人家在门前的谷场上摆设桌椅，随时招待入座的路人，这明显是往古遗风。

了解上述的这一古代民俗，我们才能理解陆游此诗。

陆游所在的宋代，正是这一民俗盛行之时。在热闹的“春社”期间，诗人到并不邻近也不熟识的山西村游玩，实际上是以路人的身份前去作客。所以，他的诗首先是写当时丰年待客的民俗。他早就想象到了山西村那里“丰年留客足鸡豚”，并且对自己此去必受欢迎深信不疑。他感到需要提醒自己的，只是“莫笑农家腊酒浑”。这首诗仅此开头二句，当时乡村那种朴实淳厚的民风，热情好客的民俗，已经历历如在眼前，十分感人。

既然此去将逢盛况，又必受欢迎，那就去凑个热闹吧。但是此时的诗人，归乡时间不长，这个山西村只知道大方向，还不曾去过。所以行进间，“山重水复疑无路，柳暗花明又一村”。这一联，后世的人们赞叹不已，但往往是脱离原诗，对其孤立地欣赏的。诚然，此联极富诗味，且颇有哲理，但只有与原诗联系起来，我们才能领悟到其所表达的，既有田园旖旎的风光，更有诗人喜悦的心情。他所以喜悦，一是受家乡“春社”期间喜庆气氛的感染，二是此去将参与一场热烈的活动，三是可以借此机会结识更多的乡亲。后来的情形，果然没有辜负他的这种喜悦：村子里，“萧鼓追随春社近”，喜气洋洋。村民们，“衣冠简朴古风存”，热情好客。可以想象，对陆游这位儒士，人们一见便知他绝非一般的路人，优礼有加是一定的了。席间，必是村中父老作陪，相晤甚欢，各叙年庚，举杯互敬。诗人不久前还在官场周旋，身不由己，此时当然如释重负，开怀畅饮。而且这“农家腊酒”，虽是“浑”一点，但喝起来还特别香。

诗的结尾两句，充分体现了诗人这次山西村之游的快意和对村民们依依不舍之情：“从今若许闲乘月，拄杖无时夜叩门。”这话很像是在众父老把他送到村口并请他今后再来时，他的答语，意思是：我一定会再来的，白天不来夜晚也会来（“春社”过后即是农忙了），到时候你们睡觉了，我可能还会敲你们的门呢。这话既亲切又风趣，想必当时大家又是一阵欢笑。

真情出好诗。这首感人的田园诗，正是出于诗人真挚的田园情。令人感慨的是，如今，田园仍有，却再无这样的田园诗情了。

四时田园杂兴（其一）

范成大

昼出耘田夜绩麻，村庄儿女各当家。童孙未解供耕织，也傍桑阴学种瓜。

注释

耘田：锄草　　绩麻：纺麻　　儿女：以长辈口吻所称的成年男女　　当家：此处指按家庭分工尽其职能　　童孙：孙儿辈的少年　　未解：不懂　　供：从事

范成大是南宋初年爱国政治家、著名诗人，晚年退居家乡吴郡石湖，赋《四时田园杂兴》六十首，我们现在品读的是其中一首。这首诗形象地描绘了中国古代农民家庭的劳动生活画面，字里行间洋溢着对农民辛勤劳动的赞叹，是传世的田园诗名篇。

中国自古以农立国，所以社会基本上是农业社会，家庭也大多数是农村家庭。而农村家庭的劳动分工形式，就是人们熟知的“男耕女织”。通常，“男耕女织”之说，往往给人一种“安居乐业”的祥和语感。这种语感当然也没有错，因为只有“安居乐业”，才谈得上“男耕女织”。但是，如果深入了解农村生活，就会发现“男耕女织”的含义除了“安居乐业”的祥和，还有“起早摸黑”的艰辛。诗人范成大就是对农村生活有深入了解的士大夫，这当然和他晚年的乡居有关，但更重要的还是他关注民生。他在诗中写道：“昼出耘田夜绩麻，村庄儿女各当家。”就是说，在乡村，农夫白天要下田耕耘，农妇除了白天做辅助性的农活和家务，夜晚还要纺织，他们各按分工尽其职能，从早忙到晚。我们知道：白天下田耕耘的农夫，是“面朝黄土背朝天”，每一棵禾苗都浸透了他们的汗水。夜晚在家纺织的农妇，一盏油灯下，操着古老的纺车、织机，“咯吱咯吱”，有时一直熬到鸡鸣。这就是“男耕女织”，语感祥和而实际艰辛的“男耕女织”。他们甘受如此的艰辛，当然是为了生活。

写了这样的“男耕女织”，诗人并没有发什么感叹，而是继续用形象说话，写那些“村庄儿女”的后代：“童孙未解供耕织，也傍桑阴学种瓜。”这两句所勾画的图景是：初夏时节，农家房前的桑树阴下，几个垂髫赤足的孩子，正在学着一种较为简单的农活：种瓜。他们拿着与自己身材不相称的农具，在那儿笨拙地挖土，浇水，煞有介事。瓜种还没有下几颗，孩子们已经满手满脸是泥了。这一可爱的图景所展示的，正是人们常说的“农家乐”。但是，这种“农家乐”，同样隐含着农家的艰辛：这些“童孙”，还在“未解供耕织”的小小年纪，就已经“学种瓜”了。再大一点，他们就得砍柴、放牛、打猪草。他们之中能读书登科的是凤毛麟角，能上一两年村学，认几个字，就算不错了，多数则与书本终生无缘。长大成人之后，他们也将与其父母一样“各当家”，继续“昼出耘田夜绩麻”，重复前辈艰辛的一生。

所以，我们读这首诗，感受应该是复杂的。对当时的农家，一方面，我们为诗中直接描绘的那种“男耕女织”、“农家乐”而欣慰，另一方面，我们也为诗中隐含透露的务农生涯的艰辛而感叹。也可能正是因为寥寥四句而有如此深厚的内涵，所以此诗以名篇传世至今。

西江月·夜行黄沙道中

辛弃疾

明月别枝惊鹊，清风半夜鸣蝉。稻花香里说丰年。听取蛙声一片。

七八个星天外，两三点雨山前。旧时茅店社林边。路转溪桥忽见。

注释

黄沙：指黄沙岭（在今江西上饶）　别枝：树上枝桠　茅店：乡村简陋客店社林：村庙边的树林　见：见或现，即看见或出现，此处两解皆可。

辛弃疾因坚持抗金主张，在南宋朝廷屡受排挤，后罢职归隐于信州（今属江西上饶）的带湖、瓢泉乡间，并筑一书堂于黄沙岭。这首词写的是他在一个月明风清的夏夜，去黄家岭书堂的一路之行。词中，作者只描绘了沿途景象，而无一言抒情。但是人们读来，却感到通篇有情，只是情在不言中。此情，显然就是对乡村生活的热爱。

正是由于这种热爱，作者在词中对其夜行之沿途景象的描绘，饶有兴味，从中还吐露出对当地丰收在望的喜悦。

作者此行选择夜行，大概是因为时值盛夏。此时夜行，既有明月照路，又有清风送爽，当然比烈日下的昼行适宜得多。而对于作者，这乡村的夏夜，除了宜于行，更是牵于情的。也就是说，作者因为热爱乡村生活，所以也爱及乡间的大自然，更何况这乡村夏夜的景象确实美妙。首先，明月清风，便令作者诗兴大发："明月别枝惊鹊，清风半夜鸣蝉。"这两句说的是：明月当空，似晨光惊醒鹊梦；清风临夜，拂树杪送来蝉鸣。不料半夜后，天气有变，空中淡云薄雾弥漫，明月已失光华，清风乍含凉意，星斗渐藏，雨点时落。此刻，作者眼中还有诗意吗？有，照样有：“七八个星天外，两三点雨山前。”这里“七八个星”，“两三点雨”，说的当然不是实数，但是很有情致，活现夏季小阵雨那种来去匆匆、欲雨还晴的特点。既然有雨，作者便想找个避雨之处。他记得这一带曾有个小店，现在正好进去避避雨，歇歇脚，结果没走多远还真的见到了。心中一喜，诗兴又发：“旧时茅店社林边。路转溪桥忽见。”一种亲切感，跃然纸上。

作者此次夏夜之行，出于对乡村生活的热爱，不仅乘兴描绘了沿途的景象，还不忘关注当地今年的收成。但他的表达方式，却是完全出人意料的：“稻花香里说丰年。听取蛙声一片。”这真是绝了！四野蛙鸣，本是乡村夏夜的常有景象。作者在此词中，写的就是乡村夏夜，所以写到“蛙声一片”，是很自然的。但谁能想到，他笔下的这一片蛙声，竟然是在“稻花香里说丰年”！这一妙笔，不能不令人击节叹赏。确实，当时已是盛夏，南方地区的水稻正在扬花。在这“稻花香里”，农人们喜气洋洋地“说丰年”，情景可以想见。也可能是在这喜气的感染之下，群蛙也参加“说丰年”了。它们当然没有人类的语言，但它们那种简单而热烈的鸣叫，也同样在表达着对于丰收的喜悦。这种浪漫的想象，并非仅仅是一种艺术的构思，而首先还是源于生活的现实，也就是作者对乡村生活的热爱，对农家生计的关注。

古人云：国以民为本。一个爱国的诗人，怎么会不关注民生？

朝天子·归隐

汪元亨

繁华景已休，功名事莫求，算富贵难消受。匡庐挂在屋西头，终日看云出岫。瓜地深锄，茅庵新构。醉翁意不在酒。厌襟裾马牛，笑衣冠沐猴，拂破我归山袖！

注释

匡庐：庐山　岫（xiù）：山峦　茅庵：草房　襟裾（jū）：衣襟，代指衣服，转义为穿衣服的。　沐猴：猕猴　归山袖：归隐山林之人的衣袖

元曲中多愤激之作，这又是一篇。作者汪元亨，元末曾为官，后弃官归隐田园。从他这首曲子可以看出，其归隐，确实是出于对当时官场黑暗的深恶痛绝。

汪元亨为官的元至正年间，腐朽的元王朝已经积重难返，危机四伏。先是黄河三次决口，百姓流离，哀鸿遍野；接着政府滥发纸币，物价飞涨，民怨沸腾；然后红巾起义爆发，群雄割据，元室天下土崩瓦解。所以作者一开头就叹曰："繁华景已休，功名事莫求，算富贵难消受。"就是说，元朝大势已去，我这当官的就不要再指望什么功名富贵了。这意思，表面上好像对官场的功名富贵还颇为留恋，只不过现实如此，无可奈何而已。其实作者这里显然是一种诙谐的自我调侃，因为从下文可以明显看出，他对当时的官场早已厌弃，怀归田之志久矣。

果然，弃官归田之后，作者便心安理得了。他联想到陶渊明，为自己效法前贤而欣慰。当年陶渊明"不为五斗米折腰"，辞去彭泽县令，回到庐山脚下的家乡种田。他在其著名的抒情文《归去来辞》中，有"云无心以出岫"之句，描写远望中的云彩无拘无束地从山间升起，飘向天空，实际上是借此景抒发自

己“久在樊笼里，复得返自然”的解脱感。于是完全同感的汪元亨，也写出了“匡庐挂在屋西头，终日看云出岫”之句。人们一读此句，当然立即就会想到陶渊明，并理解作者的旨趣。而既然效法前贤，那就得真当农人了，所以作者这样描写他归农以后的生活：“瓜地深锄，茅庵新构。”但是，他接着又补上一句：“醉翁意不在酒。”这意思是说：我种瓜，并非真想得瓜；我盖草房，也并非真爱住草房。那么，作者的“醉翁”之“意”，究竟是什么呢？

“厌襟裾马牛，笑衣冠沐猴，拂破我归山袖！”到这里，作者终于篇末点题了：我看不惯现在官场中那帮衣冠禽兽！我宁可到乡下去种田，也落个眼不见为净！

一个士大夫，一个诗人，愤激到如此程度，以致用大白话直接开骂，决意从官场拂袖而去，而且要把“袖”都“拂破”，这不能不令人感慨万端。确实，王朝末世，官场无不如此，当道的就是这样一些可“厌”的“襟裾马牛”，可“笑”的“衣冠沐猴”。像汪元亨先生这样的怀才守德之士，当然与此辈格格不入。他学前贤陶渊明，及时隐退，固然意气清高，其实也不失为明智之举，因为此举又何尝不是一种避祸全身之计？子曰：“天下有道则见（现），无道则隐。”圣贤之言，言之有理，后世人本来就是应该铭记的。

伦常情

中国古代的儒家思想体系，其核心的道德价值观是“仁”。所谓“仁”，就是“爱人”。为了落实人与人之间的这种“仁爱”，儒家归纳了五种基本的人际关系，即君臣、父子、夫妻、兄弟、朋友，是为“五伦”，并按此“五伦”各立相关的道德标准，其他人际关系参照奉行，此即“伦常”。当时的人们彼此间建立在这种“伦常”基础上的“仁爱”之情，可称之为伦常情。

这种社会影响面极为广泛的伦常情，必然地反映于文学艺术，包括诗歌。而在反映伦常情的中国古代诗歌中，若按“五伦”分类，夫妻关系和朋友关系涉及较多，父子（含父母子女）关系和兄弟（含兄弟姊妹）关系也有所涉及，而君臣关系涉及最少。这是不难理解的：人际关系发生于家族和社会。家族关系首先是夫妻关系，然后是父母子女关系和兄弟姊妹关系。社会关系当然首先是朋友关系。至于君臣关系，一是面窄，二是敏感，所以鲜有见于诗歌中者。

中国古代诗歌中反映伦常情的许多名作，至今仍然感人至深，这是因为古往今来，人情总有相通性。比如夫妻患难与共，古人历来是提倡的，今人又何尝不向往？唐朝诗人元稹，结婚时只是个小吏，婚后生活窘迫。有幸的是其妻韦氏贤惠，虽出自宦门，但甘受清贫，过着“野蔬充膳”、“落叶添薪”的日子，还对丈夫处处体贴照顾。数年后元稹升官，“俸钱过十万”，韦氏却不幸身亡了。元稹悲痛万分，赋诗叹曰：“昔日戏言身后事，今朝都到眼前来”，“诚知此恨人人有，贫贱夫妻百事哀”。但人死不能复生，恩情无从报答，万般无奈，诗人只有表示：“唯将终夜长开眼，报答平生未展眉。”意思是：你跟着我艰苦备尝，平生愁眉未展。我现在只有用对你彻夜不眠的思念，来报答你了。如此痛切的肺腑之言，谁不为之动容？再如朋友以诚相待，也是古今通义。当年李白游桃花潭，受到非亲非故的当地人汪伦的热情接待。盘桓多日后，李白乘舟将行，汪伦又在岸上踏歌相送，依依不舍。李白感而赠诗，留下传世名句：“桃花潭水深千尺，不及汪伦送我情。”读此二句，我们真羡慕古人那种质朴、真诚的友情。

让我们从如下一些相关的名作中，领略中国人传统的伦常情。

葛　生

《诗经·唐风》

葛生蒙楚，蔹蔓于野。予美亡此，谁与独处？
葛生蒙棘，蔹蔓于域。予美亡此，谁与独息？
角枕粲兮，锦衾烂兮。予美亡此，谁与独旦？
夏之日，冬之夜。百岁之后，归于其居！
冬之夜，夏之日。百岁之后，归于其室！

注释

葛、蔹（liǎn）：皆为牵藤植物　蒙：附着　楚：一种灌木　蔓：此处意为蔓生（动词）　野：野地　予：我　美：指爱人　棘：一种茎上带刺的植物　域：墓地　角枕：骨制枕头　粲（灿）：光亮　锦衾（qīn）：锦制被子　烂：华丽　旦：天明，转义到天明。　居、室：指死者的坟墓

中国古代诗歌有一种独特的题材类型：悼亡诗。这里“悼亡”不是一般地指悼念亡人，而是特指悼念亡故的配偶。由于古代诗人以男性居多，所以悼亡诗多是丈夫悼念妻子所作。但最古老的一首悼亡诗，即悼亡诗的发端之作，却是妻子悼念丈夫的。这首诗就是《诗经》中的《葛生》。

此诗以藤蔓植物起兴，就已表明是妻子悼念亡夫。藤蔓植物的特点是附着于树木或地面生长，古时被用来比喻妻子对丈夫的依附。而这首诗正是从描写藤蔓植物葛和蔹开始，引出悼亡之情的。

荒郊野外，杂草遍地，荆棘丛生，一座孤坟。远处，隐约出现一个妇人的身影。她步履缓慢，但走向明确——那座孤坟，那座埋葬着她的亡夫的坟。她走到坟前，摆上祭品，跪拜，悲泣，然后默默地凝视坟头。这时，她注意到了葛，还有蔹。那葛攀附在坚韧的荆棘上，生长得多么茂盛！那蔹紧贴在宽厚的

土地上，生长得多么滋润！一时间，她触景生情，联想，顿悟，不由得大放悲声。这悲声正是她此时的心声：有丈夫多好啊！但我的丈夫今何在？他走了，带着他那荆棘般的坚韧，土地般的宽厚，永远地走了。我这葛，再向何处牵藤？我这蔹，再向何处引蔓？我真后悔，怎么就没有在他生前特别地善待他呢？怎么就轻易地让他走了呢？

越想越悲伤，越悲伤越想。她追忆着亡夫，追忆着以前他和自己的朝夕相处。而现在他一个人长眠在这地下，是多么孤独。白天，谁与他为伴？夜晚，谁与他同眠？他虽然枕着精美的骨枕，盖着华丽的锦被，可是这有何用？在漫漫长夜，又有谁与他相守到天明？他太孤独了，太不幸了！

在悲伤中已不能自拔的她，终于产生了一个强烈的意念：生不能偕老，死定要同穴！自己的后半生，已注定是苦熬岁月了。夏日的酷暑，冬夜的严寒，熬吧，总有熬到头的一天。到那一天，就可以回到丈夫的身边了，他就不再孤独了，我也不再悲伤了。我要和他同倚那一骨枕，同盖那一锦被，然后絮絮叨叨地向他诉说别来的思念，还有我这苦熬岁月的后半生……我说的他都会听见，因为那时候，我们都复活了，我们又是从前的一对恩爱夫妻了！

与苏武诗（其一）

李　陵

嘉会难再遇，三载为千秋。临河濯长缨，念子怅悠悠。远望悲风至，对酒不能酬。行人怀往路，何以慰我愁？独有盈觞酒，与子结绸缪。

注释

与：此处意为赠　　嘉会：美好的聚会　　濯（zhúo）：洗　　长缨：此处指系帽的带子　　子：古时对别人（男性）的尊称　　酬：指畅叙　　怀：意为关注　　往路：去路　　觞（shāng）：古代酒具　　绸缪（chóu móu）：指深情厚谊

李陵是西汉名将李广之孙，承祖业为将，骁勇善战。武帝天汉二年，李陵慷慨请缨，率五千步卒北征，战匈奴八万骑兵，杀敌万余后被困，援兵不至，战败降敌。此前一年，李陵的友人苏武出使匈奴被扣，因坚贞不屈而遭流放。至昭帝始元六年，已流放十九年的苏武在汉廷努力下获释南归，临行前告别李陵。李陵置酒为友人送行，百感交集而赋此诗（共三首，此录其一）。

这是一首悲歌，一悲友情，二悲自身。

李陵投降匈奴后，虽因才能出众而受到重用，甚至被单于召为女婿，但他毕竟良知未泯，不是那种见利忘义之人。当初降敌，固然事出无奈，但毕竟已铸成叛国之罪，一失足而成千古恨。更加之李氏家族惨遭灭门，不仅自己已无家可归，先祖英名亦毁于一旦。这种无法摆脱的精神痛苦，李陵在匈奴是难以对人倾诉的。万幸友人苏武也滞留匈奴。尽管二人滞留的原因恰恰相反，自己是失节，友人是守节，但此时同为天涯沦落人，朋友的旧情还是弥足珍贵的。其间，李陵也曾奉单于之命劝降苏武，苏武拒从，但二人的朋友私交如故。可惜好景不长，苏武要回国了。李陵既为友人高兴，也为失去这唯一的友人而悲

伤。所以在践行的酒席上，李陵赋诗的第一句，就是叹息“嘉会难再遇”。他回顾近三年来彼此较为频繁的交往，深感“三载为千秋”，即这三年重如千秋，自己永生难忘。现在友人“临河濯长缨”，即将启程了，今后自己就只能永远思念友人而无限惆怅：“念子怅悠悠”。此时，作者很想与友人再多聚一会，多聊几句，但“远望悲风至，对酒不能酬。”也就是说，气氛已经很悲凉，千言万语也不知从何说起了。他知道，友人现在的心情也是矛盾的，既难于挥手而去，又不能耽误行程。面对“行人怀往路”，无可挽留，作者茫然不知“何以慰我愁?”也确实没有什么能够“慰我愁”的了。那就再干一杯，借酒浇愁，以酒寄情吧：“独有盈觞酒，与子结绸缪。”

可想而知，苏武走了以后，李陵的“愁”一定会与日俱增。苏武在的时候，还有个倾诉的对象，现在向谁倾诉？当然眼下李陵也有亲人，就是如今的妻子，匈奴的公主。但对她诉说自己的故国之思，旧家之念，显然是不合适的，甚至还会惹出麻烦。所以，李陵从此只能在“怅悠悠”中苦熬岁月了。这种情景，他早已料到，故而赠别苏武之诗才会写得如此伤感。几年后，李陵就因病去世了。我们今天读其诗，感其事，非常理解他在人生末路上的哀叹：“何以慰我愁?”至于评价其人，则关乎义，关乎理，也关乎情，怎么说呢？

送杜少府之任蜀州

王　勃

城阙辅三秦，风烟望五津。与君离别意，同是宦游人。海内存知己，天涯若比邻。无为在歧路，儿女共沾巾。

注释

少府：县尉　　之任：赴任　　蜀州：川中古州名　　城阙，此处指关中周边要塞　　三秦：指以长安为中心的关中地区　　五津：岷江上的五处渡口（代指川中）　　宦游：外出做官　　海内：四海之内　　无为：不必　　歧路：指分岔路口　　儿女：此处指作儿女悲伤态　　沾巾：流泪

王勃，“初唐四杰”之首，诗文冠绝一时。此诗是他在长安供职时，送别一位到川中赴任的杜姓朋友所作，诗情豪迈，传诵至今。

诗的第一联“城阙辅三秦，风烟望五津”，就已经把作者与朋友的离别，置于一种雄浑的时代氛围中。此诗约作于唐高宗前期。当时的唐帝国，经过太宗的“贞观之治”，正是一派兴隆气象。正因为这种兴隆气象的感染，所以作者此时赋诗送别朋友离京赴任，首先从大处落笔，放眼“城阙”拱卫之“三秦”，“风烟”缭绕之“五津”，赞叹大唐的壮丽河山，寄托诗人的豪迈情怀。如此开篇，显然已决定了此诗高昂的基调。

那么，这一场朋友离别，又该如何写呢？诗的第二联先有一个铺垫：“与君离别意，同是宦游人。”这两句写得很含蓄，也可以说很巧妙。本来，在“与君离别意”之后，应该回答“与君离别”之“意”，到底是何“意”。但是作者没有直接回答，而只是说，我们“同是宦游人”。这就耐人寻味了：“同是宦游人”，又便这样呢？其实，这是一句与朋友共勉互励之言，只不过语气比较平和、婉转，意思则是：当今之世，正乃天下志士大有作为之时。我们既然已受命为官，无论在京还是外放，都应建功立业，报效朝廷。但这个意思不便直说，

因为此时是作者自己在京，朋友外放，恐有唱高调之嫌，不如以一句“同是宦游人”点到为止。

正因为彼此“同是”有志的“宦游人”，所以为建功立业而朋友离别，天各一方，就没有什么值得伤感的了。“海内存知己，天涯若比邻。”诗的这第三联，不仅是唐诗名句，而且已成为流传至今的警句。所以如此，是因为这一联文情并茂，豪迈感人。上联“海内存知己”，反映了当时天下一统，四海一家的现实，呼应了诗的开篇就已渲染的那种兴隆气象。下联“天涯若比邻”，承接上联，而侧重于表达作者与朋友之间深厚的情谊。读此联，还应领悟其中的哲理：事业是友谊的纽带，友谊是事业的支撑，因为有共同的事业，海内仍为知己；信念是友谊的基础，友谊是信念的结晶，只要有共同的信念，天涯亦如比邻。

经过前三联的表述，此诗顺理成章的结尾，就应该是“无为在歧路，儿女共沾巾”了。我们不知道作者的那位朋友当时是否真的泪“沾巾”。如果是，那么当他读完此诗之后，也许就该破涕为笑了吧？

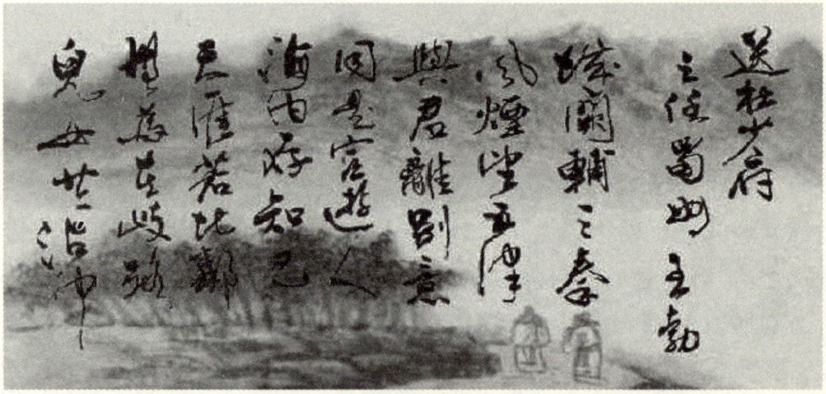

忆秦娥

李　白

箫声咽，秦娥梦断秦楼月。秦楼月，年年柳色，灞陵伤别。

乐游原上清秋节，咸阳古道音尘绝。音尘绝，西风残照，汉家陵阙。

注释

秦娥：指春秋秦穆公之女弄玉（此处为秦地女子美称）　灞陵：汉文帝陵，在长安东，有灞桥，为古来折柳送别之地　乐游原：唐长安东南郊登高游览胜地　清秋节：重阳节（古俗此日登高望异地亲人）　咸阳古道：指汉唐时关中通往关西之古道　音尘：消息　残照：落日余晖　汉家陵阙：汉代皇陵

这首词历来被称为千古绝唱。“绝”在哪里？文辞之“绝”当然是显而易见的，儿其结尾之“西风残照，汉家陵阙”，正如近代学者王国维所说，“寥寥八字，遂关千古登临之口”，即这八个字所表达的气象、境界，已经登峰造极，后无来者了，真可谓“绝”矣。

但是，读一篇文学作品，包括诗歌，我们毕竟要理解它的整体内容，而不能孤立地欣赏它的文辞。具体到这首《忆秦娥》，它到底写的什么，其实并不是那么一目了然的，历来的解读也众说纷纭。

从字面上当然可以看出，这首词写的是一个家住长安的女子对其离别多年的丈夫的思念之情。至于称此女子为“秦娥”，并烘托以“箫声”、“秦楼”，显然是为了暗示一个古老的传说，也就是春秋时期秦穆公之女弄玉与吹箫仙人萧史喜结良缘，并乘龙跨凤而去。而引出这个美丽的传说，又是为了衬托现在的这个“秦娥”之不幸。你看她，独守空房，夜夜只能在梦中与丈夫相见，而梦

醒之后，唯见楼头一轮孤月，倍觉凄凉。每逢春天，她都会去到灞桥，无限悲伤地回忆当年在此为丈夫折柳送别。到了秋天，她又会登上乐游原，眺望“咸阳古道”——丈夫是由此而去的，也应该由此而回。但“咸阳古道音尘绝”，她始终没有得到丈夫的任何消息。她的眼前，只有那“西风残照”中的“汉家陵阙”，即苍凉冷落的汉代皇陵……

读完这首词，感慨之余，我们不能不产生一个悬念：这个“秦娥”的丈夫当年沿着“咸阳古道”，即关中通往关西的古道，干什么去了？为什么至今“音尘绝”？对此，词中没有明确交代，却给出了一个含蓄的答案：“西风残照，汉家陵阙”。为了破解其中的奥秘，我们可以参考李白的另外两首乐府名篇：

其一是《关山月》：

明月出天山，苍茫云海间。长风几万里，吹度玉门关。汉下白登道，胡窥青海湾。由来征战地，不见有人还。戍客望边邑，思归多苦颜。高楼当此夜，叹息未应闲。

其二是《子夜吴歌》：

长安一片月，万户捣衣声。秋风吹不尽，总是玉关情。何日平胡虏，良人罢远征？

这两首诗启发我们想到，当时唐王朝西北边患不绝，战事迁延，出征之人长年在外，千家万户不得团圆。何以至此？原因当然是唐王朝已经走向衰落了。而这一现实，正合于《忆秦娥》结尾的隐喻：“西风残照，汉家陵阙。”于是我们明白了：“秦娥”的丈夫当年去关西，是从军远征，而至今“音尘绝”，则吉凶难卜。往好的想，是还在“平胡虏”；往坏的想，“由来征战地，不见有人还”！这“秦娥”，正是当时千万个“高楼当此夜，叹息未应闲”的女子之一，她也在日夜念叨着“何日平胡虏，良人罢远征？”

按此理解，这首词的文辞，就与词的内容有机联系起来了，并且最完美地表达了词的内容。“西风残照，汉家陵阙”，就不是突兀出现的警句，而是画龙点睛之笔。相应地，这首词之为“千古绝唱”，也就理所当然了。

九月九日忆山东兄弟

王　维

独在异乡为异客，每逢佳节倍思亲。遥知兄弟登高处，遍插茱萸少一人。

注释

九月九日：古人以九为阳数，故称九月九日为重阳。唐时重阳已成节日，民间有饮宴、赏菊、登高、插茱萸之俗。　　山东：指华山以东。王维当时人在华山以西的长安，而家乡在华山以东的蒲州（今山西永济）。　　登高：古俗重阳节登山临高，以赏秋，辟邪，望远亲。　　茱萸：一种带香植物，有杀虫消毒功能，古人重阳节时插于头上或置于囊中佩戴，以辟邪。

“每逢佳节倍思亲”，已是中国人的一句口头语，但很多人并不知道，这句“口头语”原来出自唐朝的一位大诗人，就是王维。

王维在很年轻时就已崭露头角。他十五岁离别家乡蒲州，赴长安游学并结交名流，二十一岁进士及第。《九月九日忆山东兄弟》这首著名的七绝，是他十七岁时在长安所作。他兄弟五人，还有两个妹妹，他排行老大。诗题中的“山东兄弟”，指的就是他蒲州家中的四个弟弟。他在“九月九日”这一天“忆山东兄弟”，当然和这一天是重阳节有关。

古代的重阳节，含义比较复杂，而基本含义，一是祈寿，二是思亲。祈寿的含义被传承下来，所以重阳节如今成为“老人节”。思亲的含义如今则已淡出，但古代曾看得很重，所以年仅十七岁的王维在重阳节也因思亲而作诗。

我们今天读王维这首诗，首先可以了解当时的社会气象。王维的青年时代正值盛唐的开元年间。当时国家强盛，欣欣向荣，知识分子的仕进、交游活动很积极，四方奔走习以为常，这从当时诗歌中大量的羁旅、离别之作可以明显看出。而我们现在品读的王维此诗，就是这种羁旅、离别之作，或者说是因羁旅、离别而思亲之作，并且表意十分直白：“独在异乡为异客，每逢佳节倍思亲。”这样的诗句，本来是带有几分伤感的，但在当时那种盛世的社会背景下，以及一个年轻士子正求上进的积极精神状态下，诗句的意味也就淡化了伤感的成分，而更多地体现为一种人之常情，而且是一种健康的人之常情。

我们今天读王维这首诗，还可以了解当时的风俗人情。“遥知兄弟登高处，遍插茱萸少一人。”这诗句直接描写的，是作者想象中重阳节那一天远在家乡的四个弟弟登高望亲的情景。因为当时流行重阳节插茱萸，所以他们五兄弟中四个都插了，只剩不在家的兄长王维没有插，这当然是彼此共同的遗憾。而从诗句对当时重阳节登高望亲这一风俗的直接描写，我们可以间接感受到古代的人们那种淳厚深挚的亲情。按古代男子二十“加冠”，视为成年，当时仅十七岁的王维及其四个弟弟，都未成年，但他们已有如此亲情，多么难能可贵！联想到当今之世，虽物质丰富，而人情甚至亲情淡薄，实令人感慨。

没想到，从王维这首直白的小诗中，我们竟读出了大唐盛世，古代亲情。这应该不是我们解读过度，而是作品的内涵确实深厚如此。

赠卫八处士

杜　甫

人生不相见，动如参与商。今夕复何夕，共此灯烛光？少壮能几时，鬓发各已苍。访旧半为鬼，惊呼热中肠。焉知二十载，重上君子堂。昔别君未婚，儿女忽成行。怡然敬父执，问我来何方。问答未及已，驱儿罗酒浆。夜雨剪春韭，新炊间黄粱。主称会面难，一举累十觞。十觞亦不醉，感子故意长。明日隔山岳，世事两茫茫。

注释

卫八：杜甫青年时期的朋友，姓卫，在家族同辈中排行第八，故称卫八（唐时朋友间流行此种带亲近感的称呼方式）。　　处士：隐居不仕者　　参与商：参、商二星，一出一没，古时比喻人与人不能相聚。　　父执：父亲的朋友　　罗：摆　　新炊：煮新鲜饭　　间（jiàn）黄粱：（大米）掺小米　　故意：旧情

战乱年代，颠沛流离，欣逢故友，聚散匆匆，读来令人唏嘘不已。

这首诗是杜诗名篇之一，作于唐肃宗乾元二年。当时安史之乱尚未平息，年近五旬的杜甫赴洛阳探亲后回华州任所，途经奉先县时寻访青年时期的一个卫姓朋友，即杜甫所称之卫八，竟然得遇。故友久别重逢，悲喜交集。诗中之情，也正是悲而复喜，喜而复悲。

首先是悲，悲尘海一别，相见何难。诗人与卫八，已阔别二十年了。在这一段漫长的时光里，老友何尝不互相思念，但是都得为生计操劳、奔波，天各一方，更何况后来又逢战乱，真是“人生不相见，动如参与商”！而今夕，老友还是有幸得以相见。但这相见，诗人很清楚，也就只在今夕。明朝，自己又要告别友人，匆匆上路了。所以诗人感叹：“今夕复何夕，共此灯烛光？”意思是

今夕过了，谁知以后重聚在这烛光之下，又待何夕？诗人还感叹：“少壮能几时”？今天的我们已经“鬓发各已苍”了。而当年的故旧今何在？“访旧半为鬼”矣，何其堪悲！既悲故旧之凋零，亦悲自身之不久。所以今夕两位老友骤然相见，都激动万分，“惊呼热中肠”，不觉悲从中来。

继而是喜，喜久别重逢，深情如故。“焉知二十载，重上君子堂”：没想到啊，没想到我们二十年后还能相见！这会不会是在梦中？如果是在梦中，我怎么会清楚地记得“昔别君未婚”？又怎么会清楚地看到你“儿女忽成行”？并且，这些儿女还“怡然敬父执，问我来何方”，太可爱了。这绝不是在梦中！确实该高兴一番！果然，真实的情景进一步展现：孩子们对“父执”还“问答未及已”，他们的父亲就已经迫不及待地“驱儿罗酒浆”了：快，快摆酒！至于饭菜，自有农家风味：“夜雨剪春韭，新炊间黄粱。”此时风尘仆仆的诗人，该是何等快意！“主称会面难，一举累十觞。十觞亦不醉，感子故意长。”这种老友重逢时开怀畅饮的习俗，至今仍然如此。但是想当年诗人与卫八处士的重逢，在那战乱年代的乡间，农舍昏暗的烛光下，主人尽其所能地奉上新剪的“春韭”，新炊的“黄粱”，客人则兴味无穷，一饮“十觞”，如此深长的“故意”，又岂是今人可比？

最后还是悲，悲世事茫茫，后会无期。还在诗的开头，描写老友重逢时，诗人就已经发出了“今夕复何夕，共此灯烛光？”的叹息，也就是已经预感到后会无期。这是可以理解的。一方面，当时社会动乱，来日莫测；另一方面，诗人仕途坎坷，去向未知。所以到诗的结尾，诗人再次叹息：“明日隔山岳，世事两茫茫。”后来的事实也确实证明，两位老友这次见面，是见最后一面，而这一次的再分别，竟是永别。此后，诗人漂泊于关西、川中、湖南，最后死在湘江的一条小船上。对此，卫八处士当时即使还在世，也无从得知了。

送杨氏女

韦应物

永日方戚戚，出行复悠悠。女子今有行，大江溯轻舟。尔辈苦无恃，抚念益慈柔。幼为长所育，两别泣不休。对此结中肠，义往难复留。自小阙内训，事姑贻我忧。赖兹托令门，任恤庶无尤。贫俭诚所尚，资从岂待周。孝恭遵妇道，容止顺其猷。别离在今晨，见尔当何秋！居闲始自遣，临感忽难收。归来视幼女，零泪缘缨流。

注释

杨氏女：嫁到杨家的女儿　永日：终日　戚戚：悲伤　悠悠：遥远　有行：指出嫁　苦：苦于　无持：指女儿的母亲已亡　结：郁结　义往：指道义决定女大当嫁　阙：缺　内训：母亲的教诲　事姑：侍奉婆婆　贻：带来　兹：现在　令门：贵人家　任、恤：信任、关爱　庶：这样也就　尤：埋怨　资从：指嫁妆　容止：表情和举止　猷：意志　居闲：平时　自遣：自我排解（忧愁）　临感：临事之感　缨：系帽的带子

这首诗语言平易，却感人至深。作者韦应物是中唐著名诗人，有一子二女，夫人早亡。长女出嫁时，作者送其至江边，百感交集而赋此诗。

本来，对于一个父亲，女儿出嫁，虽未免依依不舍，但毕竟是一件喜庆之事。而在此诗中，从女儿即将出嫁之日，到送走女儿后回转家中，作者的心情始终都悲伤不已。其原因，就在于出嫁的女儿是作为一个无娘的孩子离开家庭的，并且她离开的不仅是父亲，还有一个靠她照顾的小妹妹。这样的遭遇，当然令全家人都悲伤，何况作者是一家之长。也正因为是家长，虑事良多，所以作者悲伤之中还带着忧愁。这种既悲且忧之情，在此诗中表达得淋漓尽致。

长女要出嫁了。她“永日方戚戚”，即整天悲悲切切的，因为将要与父亲和妹妹分别。她知道，“出行复悠悠”，即此去路途遥远，亲人再难相聚。而这一天终于来到了：“女子今有行，大江溯轻舟”。此时此刻，更悲伤的，其实还是父亲。他思前想后，总觉得对不起女儿。他是带着幼女来为长女送行的。看到她们姐妹俩难舍难分，做父亲的首先想到的，就是她们过早地失去了母爱：“尔辈苦无恃”。当然，自己对她们“抚念益慈柔”，但无论如何，总不可能代替她们所需要的母爱。这些年来，“幼为长所育”，也就是长女像母亲一样地照顾幼女，她们的感情之深可想而知。所以今日江头分手，“两别泣不休”。父亲“对此结中肠”，即悲从中来，郁结难解，但“义往难复留”，即女大当嫁，也无可奈何了。

接下来的一大段，表达的是做父亲的种种忧心、苦衷，而且那种委婉的语气，更像是作者在对自己的亲家说话（作者很可能有意通过女儿让亲家看到此诗）。“自小阙内训，事姑贻我忧。”这显然是一句客气话，意思是我这孩子从小没娘，缺少“内训”，侍奉婆婆恐有不周。言下之意当然是：如有不周，还请多多包涵。“赖兹托令门，任恤庶无尤。”这里出现“令门”这样的敬称，就更明显是在对亲家说话了，而且是以抬举对方，来求得女儿的安身。到此，好话还没有说完，还有需要婉转请求亲家谅解之事，就是女儿的嫁妆单薄了一点。话怎么说呢？“贫俭诚所尚，资从岂待周。”意思是：我们知道“令门”崇尚简朴，所以嫁妆的备办也就没有讲求周全。这当然还是以抬举对方来为女儿求安身。最后，既然对亲家如此期望，那么对自己的女儿也该提点要求了：“孝恭遵妇道，容止顺其猷。”说到这里，想说给亲家听的话，总算都委婉地说圆满了。真是用心良苦啊！

最后，诗情又由忧愁回到悲伤。一句“别离在今晨，见尔当何秋”，实为痛断肝肠。这位父亲，“居闲始自遣，临感忽难收”，这是完全可以理解的：在这样的家庭背景下远嫁长女，怎么能抑制住临别时的伤感？而更令他伤感的，是回到家中以后，再也不见长女的身影，只有幼女与他相对而泣。“归来视幼女，零泪缘缨流。”这结尾两句，使人读此诗后，悲情不尽，久难释怀。这样的诗，是真情、深情的自然倾诉，靠“做”，是“做”不出来的。

游子吟

孟　郊

慈母手中线，游子身上衣。临行密密缝，意恐迟迟归。谁言寸草心，报得三春晖？

注释

游子：古时称出门在外居无定所之人　　吟：此处意为诗　　三春：古时分春天为孟春、仲春、季春三段，合称三春。　　晖：阳光

中唐诗人孟郊所作《游子吟》，千百年来广为流传，以至家喻户晓，现已列入我国小学生必读古典诗词以及联合国科教文组织为各国学生推荐的优秀读物。1992 年，香港一文化机构举办“最受欢迎唐诗”推选活动，此诗名列入选十首之冠。

一首朴实无华的小诗，为什么古往今来被人们如此推崇？首先当然在于其主题为母爱，而母爱是最伟大的人类之爱，这一主题本身容易受欢迎。但作为文学作品，还必须靠典型形象来感动人。孟郊在这首诗中，正是成功塑造了一个典型的慈母形象：“慈母手中线，游子身上衣。临行密密缝，意恐迟迟归。”

这个典型的慈母形象，首先就是作者母亲的形象。孟郊从小家境贫寒，虽读书有志，但命运坎坷，屡试不第。从青年时期开始，他就飘零四方，直到五十岁才得一县尉官职。在这漫长的二三十年间，他无数次地告别老母，出门远行，无数次地亲眼看到老母为他缝补出门要穿的“身上衣”。每当此时，他都注意到老母的针线总是“密密缝”。他心里明白，这是老母担心他会“迟迟归”，也就是出门在外时间太长，衣衫难免破损。此情此景，显然这位“游子”已经刻骨铭心。正因为如此，当他终于为官而安顿下来以后，立即把已经高龄的老母从家乡接到任所来奉养，并痛定思痛地写下了这首《游子吟》，对老母的感戴之情溢于字里行间。

这个典型的慈母形象，同时也是国人非常熟悉的母亲形象。自古以来，中国式母爱的一个典型画面，正是深夜里，油灯下，母亲为孩子缝补衣衫。直到孩子长大成人了，要出门了，白发苍苍的母亲还要为“游子”缝补“身上衣”。对此，国人太熟悉了，所以一读孟郊之诗，立即感同身受，尤其一些未及报答母爱者，无不悲从中来。

在以典型的慈母形象感人至深的基础上，作者还在诗的结尾对伟大的母爱衷心赞美：“谁言寸草心，报得三春晖?”我们看到，毕竟是诗人的手笔，至此仍然是在用形象说话。“寸草”就是小草。“三春晖”就是春天的阳光。以小草比喻天下儿女，以春天的阳光比喻伟大的母爱，这是何等贴切！小草是在春天的阳光下茁壮成长的，所以常怀报德之心。但是，春天的阳光在照耀和温暖小草时，在笑看小草茁壮成长时，她何曾期待过小草的回报？

望夫石

王　建

望夫处，江悠悠。化为石，不回头。山头日日风复雨，行人归来石应语。

注释

望夫石：传说古时有女子，其夫远行未归。女子登山伫立望夫，年深日久，精诚所至，化而为石，人称望夫石。石之所在，其说不一，“遗址”亦见于多地。

望夫石的传说，当然是虚构。但这种虚构，绝不是无稽之谈，而是来源于古代的生活现实，根植于中国的文化土壤。至今，全国仍有多处被当地确认的望夫石“遗址”，可见这一传说的精神内涵依然见重于国人。

有关望夫石的诗歌，历来甚多，而以中唐诗人王建的这一首最为著名。初读此诗，以为不过寻常口语，仔细品来，方觉句句深挚感人。

“望夫处，江悠悠。”就是说，女子当年望夫之处，至今江水悠悠。“悠悠”者，长也，远也。而这里“悠悠”二字，既指江水，又以江水为喻，含义多重，耐人寻味：

首先是江水悠悠，夫君安在？昔年在此江头，她送夫君登舟远行，当时难舍难分之状，如在眼前，千叮万嘱之言，犹在耳边。安知一别之后，夫君竟如悠悠江水，一去不复返矣，岂不令人悲伤？

然后是岁月悠悠，天各一方。恩爱夫妻生别离，何其痛苦！自夫君远去之后，她日日山头遥望，夜夜空房独守。她苦等着夫君天涯归来，但只能在梦中如愿。悠悠岁月，度日如年。

最终是思念悠悠，无穷无尽。不知夫君安在，到如今天各一方，那么命运留给她的，就只有对夫君无穷无尽的思念：他还好吗？他何时归来？实际上，她的生命，已经只系于这悠悠思念了。

江水悠悠，岁月悠悠，思念悠悠，每日山头望夫的她，精诚所至，终于“化为石，不回头。”这“不回头”三字，真是传神之笔，胜过千言万语的描绘，最生动地刻画出了这石人的形象，也就是这女子的气概：不回头，永远望着夫君远去的方向；不回头，永远期待着夫君的归来；不回头，永远迎着“山头日日风复雨”。这种可歌可泣的“不回头”精神，就是矢志不渝，对夫妻之情的矢志不渝！

在对望夫石如此赞叹之后，诗人还意犹未尽。他对这位“化为石”的女子太同情、太崇敬了，他还想丰富这一传说，为这女子留一线希望。他把传说当真事进行合理想象：既然这女子是因为“望夫”而“化为石”的，那么一旦其夫君归来，她所化的石人就该复活，就能开口讲话呀！于是，诗人高兴了，激动了，在诗的结尾，他满怀深情地留下了自己乐观的想象，也是善良的愿望：“行人归来石应语”！

全诗仅此寥寥数语，我们读下来何以心潮难平，感慨万分？

江城子·乙卯正月二十日夜记梦

苏　轼

十年生死两茫茫。不思量，自难忘。千里孤坟，无处话凄凉。纵使相逢应不识，尘满面，鬓如霜。

夜来幽梦忽还乡。小轩窗，正梳妆。相对无言，惟有泪千行。料得年年肠断处，明月夜，短松冈。

注释

乙卯：指宋神宗熙宁八年　　十年生死：苏轼夫人王弗亡于宋英宗治平二年，至苏轼作此词，共十年。生死指自己和夫人。　　千里孤坟：王弗葬于苏轼家乡四川眉山，而苏轼作此词时在山东密州，相距遥远，故谓千里。

苏轼这首词，题为记梦，实为悼亡。他是必然会有此梦的，也是必然会有此悼亡之作的，因为从这首《江城子》中可以看出，他对亡妻是太怀念了。

苏轼的夫人王弗，是一位贤德之女，婚后与苏轼琴瑟和谐，可惜十年后就因病去世了。这十年间，苏轼经历了求功名、任小吏的辗转生涯，王弗则起到了贤内助的作用。王弗去世后，不仅苏轼伤痛不已，苏轼的父亲也语重心长地提醒儿子："妇从汝于艰难，不可忘也。"意思是：媳妇这些年跟随你历尽艰难，你不能忘记她啊！

又过了十年，这期间苏轼因在当时的变法运动中政治上受挫而外放，此时任密州知州。坎坷的仕途，压抑的心境，使苏轼更加怀念王弗。常言道日有所思，夜有所梦，于是王弗终于有一夜出现在苏轼的梦中，而苏轼则终于作出了这一首感人至深的宋词名篇。

正因为是有所思才有所梦，所以词中先写“有所思”。首句“十年生死两茫茫”，这是一声长叹，意为王弗去世，不觉已十年了，这十年夫妻们生死两途，杳无音信，生者不知死者在黄泉下可曾安好，死者更不知生者在人世间境况如何。而自己作为生者，切身的感受就是对死者的念念不忘：“不思量，自难忘。”意思是无须刻意追思，也难以忘怀。但是人死不能复生，无论自己对死者怎样念念不忘，也不能再与她重逢了。真想到她坟前倾诉一番，但她葬在遥远的家乡，自己现在无从走近那“千里孤坟”，所以与她也就“无处话凄凉”了。写到此，作者想起自己这十年的经历，悲情更加强烈，乃至想象“纵使相逢应不识”，意为夫妻即使重逢，她也认不出我了。为什么？因为自己在这十年的劳顿中，已经“尘满面，鬓如霜”了。

“有所思”到如此程度，当然会“有所梦”。不是老惦记着那一座“千里孤坟”吗？现在终于“夜来幽梦忽还乡”了。这一“还乡”，昔日情景顿时都出现在眼前：还是家里那个“小轩窗”，她还是坐在那里“正梳妆”。我们看到，这“小轩窗，正梳妆”，只六个字，就把当年小夫妻婚后的恩爱刻画得淋漓尽致。这不仅体现出作者手笔高超，也说明作者对那一段旧情永难忘怀。可是，美好的记忆到此却戛然而止，接下来竟是重逢后的夫妻俩“相对无言，惟有泪千行”。也就是说，二人立即回到了现实，回到了早已一生一死的现实。他们都知道此刻的重逢不过是虚幻的梦境，而真正的重逢已经永不可能，所以悲痛万分，以至“相对无言，惟有泪千行”。等到泪尽，梦醒，“小轩窗”何在？“正梳妆”之人何在？剩下来的，还是孑然一身的作者和他想念中的“千里孤坟”。那“孤坟”是怎样的景象？“料得年年肠断处，明月夜，短松冈。”

读完坡公这一首无限伤感的悼亡词，我们只能用他自己的一段心语来安慰他了：“人有悲欢离合，月有阴晴圆缺，此事古难全！”

鹧鸪天

贺　铸

重过阊门万事非，同来何事不同归？梧桐半死清霜后，头白鸳鸯失伴飞。

原上草，露初晞，旧栖新垄两依依。空床卧听南窗雨，谁复挑灯夜补衣？

注释

阊门：苏州古城门　　梧桐、鸳鸯：传说梧、桐为雄、雌之树，鸳、鸯为雄、雌之鸟，皆为同生共死之侣。　晞（xī）：干　　旧栖：旧居　　新垄：新坟

北宋词人贺铸，因持才傲世，一生沉沦下僚，郁郁不得志，晚年居苏州阊门时，与他相依为命的妻子赵氏又故去，可谓雪上加霜。后来移居别地的他，重过阊门旧居，凭吊亡妻，怀着沉痛的心情作此《鹧鸪天》词。此词深情感人，后世以为可与苏轼之《江城子》媲美。

“重过阊门万事非”。开篇这一句深深的感慨，立即使我们体会到了作者当时心境的凄凉。作者来此旧居之前，当然知道妻子早已亡故。但是，真正身临其境时，人去室空的景象仍然使他恍如隔世，倍感凄凉。“万事非”，其实就是一事非：终生的伴侣不在了。而这一事之非，非同小可，自己从此无依无傍，要在孤独中度过残年。

这样的人生遭遇，使作者很自然地哀叹命运之无情：“同来何事不同归”？“同来”，是说二人相继来此世上，有缘结为夫妻。而“同归”，则是说夫妻终生相伴，最后接踵离世。如此说来，人世间，夫妻“同来”是必然，而“同归”

则少有，通常都是“同来”不“同归”。对此，作者何尝不知？但他因为痛苦，还是难以接受命运的这种通常安排，还是要执着地追问：“同来何事不同归”？他认为，他和妻子本当是像梧桐、鸳鸯那样的伴侣，如唐诗所说的“梧桐相待老，鸳鸯会双死”，可是实际的遭遇却是“梧桐半死清霜后，头白鸳鸯失伴飞”！于是他由痛苦而生怨愤。他想不通：为什么自己的命运就这么不幸，为什么就不能与妻子像梧桐、鸳鸯那样“相待老”，“会双死”？

想不通也没有办法，今后的日子就一个人过吧。实际上，自己的残年还有几何？朝露日出即干，人生何其短暂！君不见“原上草，露初晞”，自己不正是那草上快要干掉的露水吗？既如此，与妻子也无所谓“同来”不“同归”了，差不多就“同归”了。凭吊已毕，作者将要返回自己现在的住处。但是，他走得依依不舍：“旧栖新垄两依依。”一是阊门的“旧栖”，也就是当年的旧居。在这里他曾与妻子朝夕相伴，无论门前，窗下，床头，处处都还隐约可见妻子昔日的身影，怎忍离去？二是城外的“新垄”，也就是亡妻的新坟。在这里长眠着自己的终身伴侣，但与她相见已不可能。现在只有这荒草萋萋的坟头象征着她，怎忍离去？

“旧栖”、“新垄”都不忍离去，又只能离去。现在的住处只有自己孤身一人，不想回来，又只能回来。回来之后，自然思绪万千。到夜晚，“空床卧听南窗雨”，倍感孤独、凄凉。辗转难眠之际，他凝神地望着闪闪的油灯，深情地追忆着昔日灯前的一种景象，最终发出一声哀叹：“谁复挑灯夜补衣？”

是的，当年那“挑灯夜补衣”之人，已经走了，永远不会回来了。

钗头凤

陆　游

红酥手，黄藤酒，满城春色宫墙柳。东风恶，欢情薄，一怀愁绪，几年离索。错、错、错！

春如旧，人空瘦，泪痕红浥鲛绡透。桃花落，闲池阁。山盟虽在，锦书难托。莫、莫、莫！

注释

红酥手：指女子红润而细腻的手　　黄藤酒：绍兴黄酒的美称　　宫墙：宋室南渡之初，曾临时建都绍兴，后来可能有宫室尚存。　东风恶：意为恶势力拆散作者与唐婉恩爱夫妻（暗指其母）　欢情薄：指姻缘短暂　　离索：离别后的孤独　　浥（yì）：湿　　鲛绡：手帕　　闲：空　　山盟：婚誓　　锦书：书信

陆游的这首词很有名，至今仍镌刻于当时的题写之处，即绍兴沈园。这首词的写作背景是陆游年轻时的婚姻悲剧：他的妻子唐婉本是一个才貌双全之女，婚后夫妻的感情也非常融洽。但是陆游的母亲却不喜欢这个儿媳，强逼其子休妻。陆家是书香门第，礼教森严，陆游难违母命，被迫与唐婉分离。唐婉则改嫁他人。这一婚姻悲剧本已造成二人莫大的精神痛苦，却不料数年后他们又遇到难堪的一幕：一个春日，陆游独自游览沈园时，竟与唐婉不期而遇，而此时唐婉是偕其后夫同游。昔日恩爱夫妻，于曾游之地，如今只能相视而过，形同路人，痛苦之情可想而知。陆游随后即题此《钗头凤》词于沈园，怅然而归。次年，唐婉再游沈园，见此词，万分伤感，亦题《钗头凤》和作一首于其后。才子才女，同调唱和，词坛传为千古佳话，其实是当事人的一段不幸遭遇。我们现在且将陆游之作读来。

词的上片是作者对往事的回忆。由于作者这次与唐婉的不期而遇是在沈园，

所以他首先想到从前与唐婉的沈园同游。那一次也是春日，夫妻相携登上沈园中的小山，在亭子里饮酒观景，曾记得妻子把盏时的那“红酥手，黄藤酒”，也曾记得二人凭栏四望时的那“满城春色宫墙柳”。多么令人陶醉的景象，多么幸福美满的眷属！可是谁能料到，本当渲染春色的“东风”，却偏偏心存“恶”意，要看到人世间春日短，“欢情薄”。这“东风”指的谁，就不用说了。在她的强行干预下，陆游与唐婉终于分离。昔日无限恩爱之情，如今已化为“一怀愁绪，几年离索”。毫无疑问，是“东风恶”，把事情做错了，“错、错、错”！我们知道，在古代，“犯上”是非常忌讳的。而此词中竟出现了“东风恶”、“错、错、错”这样明显的“犯上”之言，我们可以想见作者当时的心情是多么压抑，多么怨愤。

词的下片是作者对现实的感叹。当年那美好的日子已经一去不复返了！如今，沈园“春如旧”，但唐婉却不“如旧”，已经“人空瘦”。这几年，她虽然有了新的家，而且后夫是一位有修养的宗室子弟，家中和睦，但是她心灵上的创伤是难以愈合的。她正如作者所想象的那样，常常暗自悲泣，“泪痕红浥鲛绡透”，要不然，人为什么会消瘦？这消瘦可是作者与她在沈园不期而遇时一眼就看出来了的。至于眼下沈园的春色，可能是与人的心境相通吧，其实也不“如旧”了，君不见“桃花落，闲池阁”，已是一片令人伤感的景象。还是接受这无情的现实吧！当年的“山盟虽在”，但事不由人，一朝分手，即使想通个音信，也是“锦书难托”，无异生离死别。现实如此，彼此还要这样苦苦思念下去吗？作者言不由衷地奉劝唐婉：“莫、莫、莫！”但是多情的才女做不到，因此几年后就香消玉殒了。

劝才女“莫、莫、莫”的才子，自己同样是多情的，他当然也没有做到“莫”。唐婉逝去四十年后，他已是一介老翁了，还到沈园来寻觅旧梦遗踪，并留下了与这首《钗头凤》词同样流传千古的感人诗篇：“梦断香銷四十年，沈园柳老不吹绵。此身行作稽山土，犹吊遗踪一泫然！”

金缕曲

寄吴汉槎宁古塔，以词代书，丙辰冬寓京师千佛寺冰雪中作。

顾贞观

（其一）

季子平安否？便归来，平生万事，那堪回首！行路悠悠谁慰藉？母老家贫子幼。记不起从前杯酒？魑魅搏人应见惯，总输他、覆雨翻云手。冰与雪，周旋久。

泪痕莫滴牛衣透。数天涯、依然骨肉，几家能够？比似红颜多薄命，更不如今还有。只绝塞、苦寒难受。廿载包胥承一诺，盼乌头马角终相救。置此札，君怀袖。

注释

吴汉槎：作者友人，时因冤案被流放于宁古塔（今黑龙江宁安）。　季子：指吴汉槎（“季”表示排行第四）　魑魅搏人：妖魔伤人，比喻奸邪之徒陷害好人。　牛衣：指粗衣　廿载包胥承一诺：春秋时，伍子胥与申包胥同仕于楚。伍子胥为报楚王杀父之仇，誓言灭楚；申包胥则誓言楚若亡必复楚。二十年后，申包胥果然借秦国力量，恢复了被伍子胥仗吴国力量灭亡的楚国。　乌头马角：乌鸦头白，马头长角，意为本来是不可能的事（也要期盼）。　置此札：留下这封（写有我的承诺的）书信（给你）　君怀袖：你保存好（将来以此检验我的承诺）

顾贞观，清初著名词人，信义之士。顺治十六年，其友人吴兆骞（字汉槎）在江南科场案中因被诬告而受株连，流放东北宁古塔，备受苦寒。顾贞观得知后，满怀深情，作《金缕曲》词二首，以词代书寄至宁古塔，向友人表达问候、思念和竭力营救的决心。康熙十五年，顾贞观结识了太傅纳兰明珠之子、著名词人纳兰性德，于是出示了自己的这两首《金缕曲》词。纳兰性德读后，深受感动，将此事诉于其父，代求相助。太傅心有同情，但不露声色。在一次席前，太傅明知顾贞观无酒量，故意命他满饮一杯，谓欲救友人，先饮此杯！顾贞观毫不犹豫，举杯一饮而尽，面红耳赤。太傅见其意诚，笑称适才戏言耳，当面承诺相助。顾贞观立即跪地谢恩。后经多方斡旋，吴兆骞终于洗却沉冤，生还故里。顾贞观赤诚救友之义举，一时传为佳话。他的两首《金缕曲》词，当时即被广为传抄，至今仍列为清词名作。我们现在品读的，是这两首词中的第一首。

既然是以词代书，那么作为书信，自当先有称呼和问候，所以这首词的第一句是“季子平安否？”接下来，词的上片句句都是表示对友人不幸遭遇的同情。“便归来，平生万事，那堪回首！”是说这场冤案给你带来的不幸，实在是太深重了，即使将来得以生还，往事也是不堪回首的。作者想象到友人流放生涯的孤苦伶仃：“行路悠悠谁慰藉？”没有人慰藉，因为友人家境本来就十分困苦：“母老家贫子幼”。有没有朋友呢？当然有，但此时都不在身边。作者动情地问道：“记不起从前杯酒？”也就是问友人：还记得我们从前相聚的日子吗？这意思是，我现在虽然不在你身边，但是我们的友谊长存于彼此的心间，我们永远不会互相遗忘。说到友人不幸的遭遇，作者自然地联想到造成这一切的根源所在，于是情绪转为愤恨：“魑魅搏人应见惯，总输他、覆雨翻云手。冰与雪，周旋久。”就是说，那些奸邪之徒，专门妨功害能，翻手为云覆手为雨，防不胜防，我们深受其害已经由来已久了，有什么办法！

词的下片则是安慰友人，并作出了自己一定相救的承诺。作者首先劝慰友人抑制悲伤：“泪痕莫滴牛衣透。”然后，针对友人与其家人骨肉分离的痛苦状况，希望他能想开一点：“数天涯、依然骨肉，几家能够？”意思是看那普天下之人，有几家能够做到始终骨肉团圆？至于友人本来才华出众，现在却遭此厄运，陷此困境，作者则说“比似红颜多薄命，更不如今还有。”为什么说“更不如今还有”呢？当然是指还有连性命都不保的（你现在总算还活着）。话说到这里，还得说回来，“只绝塞、苦寒难受”，也就是边地的苦寒毕竟令人难以忍受，还是要离开此地。而要离开此地，就得有人相救。那么请友人放心，我现在就承诺此事，而且要像古人申包胥承诺恢复楚国那样承诺此事：“廿载包胥承一诺”。我知道此事的难度，但你可以“盼乌头马角终相救”，因为我相信精诚所至，会有乌鸦头白、马头长角的那一天。“置此札”——我就写到这里了；“君怀袖”——你把我这信保存好，看我将来能否兑现自己的承诺。

正如我们所知，“乌头马角”，出现奇迹的一天终于来到了，友人终于得救了，顾贞观的诺言也终于兑现了，真是精诚所至啊！

金缕曲·亡妇忌日有感

纳兰性德

此恨何时已？滴空阶，寒更雨歇，葬花天气。三载悠悠魂梦杳，是梦久应醒矣！料也觉、人间无味？不及夜台尘土隔，冷清清、一片埋愁地。钗钿约，竟抛弃！

重泉若有双鱼寄，好知他、年来苦乐，与谁相倚？我自终宵成转侧，忍听湘弦重理？待结个、他生知己。还怕两人俱薄命，再缘悭、剩月残风里。清泪尽，纸灰起。

注释

夜台、重泉：均指阴间　　钗钿约：夫妻誓言　　双鱼：书信　　缘悭：缘分薄

纳兰性德是清朝初年的一位传奇人物，他身为贵公子，而文武双全，既是皇上侍卫，又是词坛名家。更难得的，是其为人率真，有情有义。此前我们已从品读顾贞观的《金缕曲》词，知道了他助顾解救朋友的义举。现在我们再来品读纳兰的这首《金缕曲》词，从中感受他对亡妻的一片深情。

这首词作于纳兰的妻子卢氏亡去三年后的忌日。那是个雨后的春夜，作者在寂寥的庭院内，烧纸钱以祭奠亡妻。“此恨何时已？滴空阶，寒更雨歇，葬花天气。”这开篇之句，就情景交融地写出了当时作者心境之悲凉。他对亡妻太怀念了，自问“此恨何时已”？实际上是说“此恨”永无“已”时，直到作为“葬花”人的自己最后也随“花”而去。

极度的怀念使作者陷入了痴迷，痴迷中他开始“抱怨”亡妻：“三载悠悠魂

梦杳，是梦久应醒矣！”意思是：你不就是睡着了吗？但睡了三年，也该醒了吧？对他的这种“抱怨”，亡妻当然“未予回应”。于是他又进一步“猜想”并“追问”：“料也觉、人间无味？不及夜台尘土隔，冷清清、一片埋愁地。”就是说：你会不会是觉得这纷扰的人间，生活太无味了，还不如那远离尘世的阴间，虽然冷冷清清，却也无忧无愁？这样的“猜想”和“追问”，显然透露出亡妻生前心境的郁结。而对此，作者想必是了然的，十有八九是他当时因侍卫皇上，重任在身，而对妻子关心照顾不足。为此，他本当心生愧疚。但他却因痴迷地思念着妻子，还在“抱怨”妻子不该离他而去：结婚时不是盟了誓“白头到老”吗？怎么说走就走了？“钗钿约，竟抛弃！”

终于，作者对亡妻总算“抱怨”够了，但他精神上仍然没有结束痴迷状态。他转而“关注”亡妻现在的“生活状况”。他想写封信寄到“阴间”，问一下这三年来“孤独”的她有谁“陪伴”：“重泉若有双鱼寄，好知他、年来苦乐，与谁相倚？”他是从自己的孤独，想象到了亡妻的“孤独”。正如他所吐诉的，这三年来，“我自终宵成转侧，忍听湘弦重理？”是的，多少个不眠之夜，他很想重弹旧琴，消愁解闷，但又不敢，因为那琴声会再现昔日夫唱妇和的美好情景，从而使自己堕入痛苦的回忆。当然，他想写的这封信是寄不出去的。阴阳隔世，他与妻子永远分别了，永远不可能重叙旧情了。到此，他似乎也快要从痴迷中清醒过来，但还是作了最后的纠结：“待结个、他生知己。还怕两人俱薄命，再缘悭、剩月残风里。”他的意思是与妻子今生“缘悭”，半路就分手了，那么“来生”能不能再结为夫妻呢？而想到这里，他又害怕了：谁知道“来生”会不会再次半路分手？

人终于清醒过来，纸钱也烧完了。“清泪尽，纸灰起。”祭奠人长叹一声，良久伫立，伴着深夜庭院的料峭春寒，“葬花天气”。

附录

本书作者诗词

（1980年—2010年）

金缕曲·南归怀父母

逝水悠悠去。过长堤、物是人非，旧家瞻顾。门外西风吹落叶，老柳萧萧似诉。叹往昔、劬劳父母。万水千山伤远别，记征衣、夜半挑灯补。思前事，泪如雨。

平生已是儒冠误。只可堪、三春寸草，此情尤苦！浪迹天涯何所事？一任韶华空付。算至幸、归来故土。永念深恩终未报，愧当年、大愿徒期许。游子恨，同千古。

水龙吟·访仁英师

旧时桃李堂前，风清月白依然貌。先生在否？帘栊隐约，一灯深照。启户寻声，呼名执手，客来何料！愧当年学子，江湖远涉，心念念，身难到。

促膝风生谈笑。喜吾师精神未老。至今犹记，蒙堂受业，往事多少？岁月如流，沧桑似梦，重聆慈教。畅言间，不觉曦光透户，是天将晓！

黄鹤楼感怀

断魂长笛一声声，落尽梅花五月城。
莫向江头悲逝水，白云黄鹤总关情。

过友人旧居

乔木苍凉带暮霞，城南巷口是君家。
依然院落人何在？怅望庭前旧日花。

重赴北京有感

大治何期转眼逢！长安道上日彤彤。
旧邦终有维新世，天佑吾华起邓公。

歌邓公南巡

沉沉大野又经冬，一响春雷起蛰龙。
鼓动南风新雨足，千红万紫遍寰中。

题深圳拓荒牛雕塑

野地唯知俯首耕，春华秋实慰平生。
何曾自负千钧力，幸得天时竟有成。

悼邓公

大政维新赖激扬，回天手出岂寻常！
多艰国运开长盛，久困民生入小康。
伏枥犹存千里志，乘时已举百年纲。
不需分寸留名地，万众心间有祭堂。

减字木兰花·香港回归后重赴有感

风涛阵阵，一片汪洋埋旧恨。浩气长存，云白山青过虎门。
国旗遥指，只为今朝重到此！泪洒天南，垂老欣逢失土还。

八声甘州·登西安大雁塔

望关中四野莽山川，慷慨动豪情。想当年盛世，风云际会，龙虎西京。多少英雄淘尽？渭水去无声。指点北原上，汉阙唐陵。

扶槛仰天长啸，念沉沦痛史，意气难平。幸炎黄故族，历劫未凋零。喜方今、乾坤扭转，待从头、一往赴新程。歌华夏，振千秋业，浴火重生。

题开封铁塔

一代繁华八表昏，靖康前事不堪论！
何期尚有千年塔，阅尽沧桑世上存。

题洛阳白马寺

中土从来纳四方，汉家天使自堂堂。
千山万水难为阻，白马驮经到洛阳。

绮罗香·厦门鼓浪屿有怀

碧海翔鸥，银滩涌浪，胜迹登临指顾。遥想当年，横槊郑王东去。纾国难、绝域旌旗，振天威、怒涛樯橹。甚红夷，烟灭灰飞，台澎竟是谁家土！

英雄事业往矣，堪叹孤悬宝岛，沧桑几度。雁字云笺，凭寄一怀心语：开治世、华夏复兴，渡劫波、弟兄重聚。厦门外，同祭忠魂，浩溟鹏正举。

休致咏怀

华发催馀年，可堪犹自励！
一生累绊羁，五斗安休致。
重读圣贤书，每忧家国事。
身微不济时，学浅难弘义。
市井孰相知，诗文唯所契。
居无养性规，游有怡情地。
朝日百花洲，晚钟千佛寺。
摩天岭上行，邀月楼头醉。
垂老复焉求？攸宁斯已至。
秋来气正清，桂子飘香季。

游园偶题

柳下花间缓步行，时闻啼鸟两三声。
逢人不说从前事，只道新来好个晴。

观汉剧有感

江城故业梦中休，何幸犹存粉墨楼。
旧曲声声牵往岁，一闻弦鼓泪先流。

唐多令·春日窗前作

丽日彩云天。千花万卉妍。是春光、又到窗前。一展吟眸生百感，如远梦，忆韶年。

岁月付流迁。白头莫自嫌。待文章、再续新篇。不见园中亲植柳？今亦老，尚飞绵！

礼佛归元寺

常存心上佛，俗客亦修行。
向善为根本，随缘是性情。
已无尘网缚，犹有砚田耕。
岁岁新春日，焚香祷太平。

朝普陀山

法雨天涯降，灵光海上开。
烟涛浮玉座，日月照莲台。
祈福人争往，逢缘我亦来。
此身何足道，先祝世无灾。

题屈原祠

百代诗人祖，千秋国士宗。
高驰天不纵，独醒世难容。

题岳飞庙

浴血驱强虏，冲冠赋壮词。
两河功在望，三字狱安知？

谒黄花岗烈士陵

民权久不伸，帝制终当死。
沧海结同盟，大旗随总理。
八方声气连，一霎风云起。
喋血正青春，捐躯真赤子。
幸存松柏陵，犹纪英雄史。
功业永垂兮，精神长仰止。

武昌访友人

音容各已非，执手顿生悲。
一别知何处？重逢到此时！
身心宜自养，长幼得相依。
寄望寒塘雁，青云待尔飞。

重逢故人

少小同窗友，相知五十年。
故园桑梓老，往事梦魂牵。
久别欣无恙，重逢幸有缘。
弦歌今日泪，点滴是心泉。

贺友人事业有成

何曾时节晚，天道自无差。
不见重阳菊？深秋始发花！

秋日有怀

一别江湖隔世尘，梦中前事老来身。
闲庭向晚秋风过，黄叶满阶忆故人。

重游紫阳湖

杨柳亭台曲岸边，重来只为一情牵。
倚栏人去无消息，空对湖波忆旧年。

减字木兰花·重游东湖

风搴翠幔，人在当年杨柳岸。白石桥头，烟水亭台是旧游。
莺飞草长，岁岁春光成过往。且待黄昏，曾记箫声月下闻。

登泰山

云势涌如涛，岱宗浮若岛。
果然环宇宽，何止众山小！

登长白山

林峦时已夏，雪岭季犹冬。
莫止登山步，天池在顶峰。

过三峡

连峰七百里，奔走接云端。
杳古开深峡，高天下急湍。
猿啼千嶂暗，月出一江寒。
异日沧桑变，重来失大观。

游桂林

南天开望眼，日气浩然盈。
千簇山奇秀，一泓水湛清。
熏风吹雨过，画舫荡波行。
忽有刘三姐，高歌引和声。

观黄果树瀑布

喧声闻谷口，一路溯溪寻。
飒飒风迎面，纷纷雨湿襟。
方知临瀑近，不觉入山深。
仰首天河现，飞涛下碧岑。

雨中游凤凰城

烟雨沱江古镇幽，凤凰桥下出扁舟。
朦胧两岸风情画，水上人家吊脚楼。

游西双版纳

云林深隔世，有史自何年？
聚族高山下，开荒大泽边。
芦笙明月夜，孔雀艳阳天。
客至须留醉，竹楼傍醴泉。

游庐山五老峰

东下九江口，南游五老峰。
深林寻胜境，绝顶访仙踪。
缥缈峦间雾，苍茫岭上松。
泉声何处至？幽谷响淙淙。

游雁荡山大龙湫

昔日徐霞客，曾临此瀑流。
高峰寻雁荡，绝壁探龙湫。
鹤影空山杳，猿踪古木幽。
斯人长逝矣，揽胜恨无俦。

游武夷山九曲溪

九曲清溪十八湾，棹歌声里过群山。
回头欲望摩崖壁，水急槎轻去不还。

南乡子·赴上海母校有感

无处不风光。锦绣东南画卷长。三十春秋寻旧地，迷茫。海市天街绕沪江。

往事太凄凉！负笈飘零在此方。回首堪惊人世变，沧桑。一段悲欢两鬓霜。

念奴娇·登天山临瑶池

玉关西去，悚殊方、一路茫茫戈壁。乱碛荒荆迷望眼，突兀苍山横绝。草甸蓁蓁，林涛莽莽，气象翻然别。雪峰高耸，仰他无尽天泽。

寻到王母瑶池，临风想见，八骏当年客。神话亦成佳话矣，应是华夷初结。沙漠甘泉，葡萄美酒，亘古驼铃陌。夙缘今世，此情长系中国。

伊犁河畔吟

割地当年失下游，至今西望恨难休。
河旁有感深情水，惜别家园缓缓流。

过南海有感

波翻浪涌浩无涯，四海从来属汉家。
指点舆图多少恨？乱云千里望南沙。

马六甲感怀

帆樯旗鼓势惊天，海上雄风永乐年。
一霎沧桑成旧梦，何堪故地说从前！

浣溪沙·游曼谷

千佛交辉景象奇，钟声塔影日沉西，晚风吹雨洒菩提。
遍市烟花游海客，终宵鼓乐舞蛮姬。檀香雾绕月轮低。

游吴哥窟

亘古丛林里，深藏寂不闻。
塔园风露冷，神宇洞天昏。
八百年灵境，三千界法门。
游来浮世客，万念复何存？

观尼亚加拉瀑布

谷口悬河出，奔腾下断冈。
何来无尽水？林莽有深藏。

游佛罗里达沼泽

荒烟芦草岸，野水鳄鱼滩。
尚有遗民在，当年印第安。

夏威夷海泳有感

击水太平洋，神驰感浩茫。
人生空有待，彼岸在何方？

望海潮·游西欧有感

长空一夕，重洋万里，探看欧陆风情。金马银泉，石门铁塔，广场蓝鸽盈盈。士女拥花城。沿衢铜像列，先哲垂名。华彩王宫，灵光圣殿，次第迎。

游来胜迹纷呈。叹当年建树，历代经营。两约皈宗，百科兴业，功开旷古昌明。寰海执前旌。悠悠星斗转，世运东行。莫道神州后发，再造有群英。